I0647123

35

L'ANTI-RADOTEUR,

OU

LE PETIT

PHILOSOPHE

MODERNE.

L'ANTI-RADOTEUR,

OU

LE PETIT

PHILOSOPHE

MODERNE.

A LONDRES;
Chez EMSLEY.

M. DCC. LXXXV.

AVIS

DE

L'ÉDITEUR.

Cet ouvrage a déjà paru sous un titre assez vague, LES NUMÉROS : il a eu quelque succès, malgré le désordre qui se trouvoit dans la distribution des matieres, & beaucoup de redites ou d'inutilités. On a remédié à l'un & à l'autre de ces inconveniens dans l'édition qu'on en donne aujourd'hui ; on a supprimé plusieurs chapitres qui sembloient déparer les autres par le peu d'importance des matieres qui en faiſoient l'objet; au moyen de quoi cet ouvrage, qui a paru en quatre petits volumes, a été réduit à un ſeul, qui renferme tout ce qu'il y avoit de plus eſſentiel & de plus agréable.

L'auteur a dit dans une préface qu'il avoit jetté ſes idées ſans ordre, ſans ſuite, pour lui ſeul & pour ſes amis; il a mis, ſans doute, de ce nombre le public, qui lui en a ſu quelque gré. » J'ai écrit librement, ajoute-t-il, ſur les abus, les vices, les défauts & les ridicules qui m'ont frappé, parce que je deſire ſincérement que notre roi ſoit le plus glorieux, notre monarchie la plus puiſſante, nos généraux les plus habiles & les plus renommés, nos miniſtres les plus éclairés & les plus ſages, nos juges les plus integres & les plus lumineux, & nos concitoyens le peuple le plus fortuné de la terre «. Ces vœux ſont d'un digne patriote ; ſi c'eſt dans cette vue qu'il a fait ſon livre, comme on n'en ſauroit douter, qu'il nous ſoit permis d'y joindre les nôtres, & d'y contribuer en le faiſant mieux connoître.

Ce ſage obſervateur, employé depuis long-tems par le miniſtere de France dans le Levant, n'a jamais perdu de vue le bonheur de ſa patrie ; ce qu'il a recueilli dans fon ouvrage eft le fruit des obfervations qu'il y a faites dans différens voyages qui l'y ont appellé.

L'ANT.

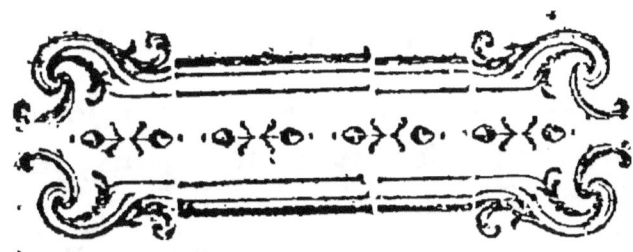

L'ANTI-RADOTEUR,

OU

LE PETIT

PHILOSOPHE

MODERNE.

CHAPITRE PREMIER.

De Paris.

Le plus beau songe que puisse faire
un souverain, a dit un jour le roi
de Prusse, c'est de rêver qu'il est
roi de France. Le roi de Prusse a
raison, il est connoisseur.

A

Personne n'a mieux défini Paris que l'aimable voyageur anglois, M. Sherlock, en difant qu'il eft indéfiniffable; que c'eft l'abrégé de l'univers, une ville vafte & informe, pleine de merveilles, de vertus, de vices & de ridicules; il la prend collectivement avec fes habitans, & fous toutes les acceptions phyfique, morale, politique & civile; mais il eft certain qu'en envifageant Paris matériellement comme ville, abftraction faite de fon peuple, & relativement à fa feule conftruction, on ne peut pas dire que ce foit une belle ville. C'eft une ville énorme, impofante par fon immenfité : elle a la majefté du chaos; c'eft un mêlange monftrueux de beautés fublimes & de défauts révoltans. On y voit encore, à côté des édifices de Louis XIV, de Louis XV, & de Louis XVI, des édifices de Chilpéric, de Clovis & de Dago-

bert ; on y voit une foule de magnifiques palais, de fuperbes hôtels,
de maifons charmantes par la décoration & la commodité, femés au
hafard parmi de vieilles & vilaines
maifons, fans goût, fans clarté,
fans propreté, fans agrément ; on
y voit d'autres maifons modernes,
bien bâties, bien diftribuées & entiérement dégradées comme les an-
ciennes, par des allées étroites,
obfcures & infectes qui en forment
l'entrée, dans lefquelles il faudroit
de la lumiere en plein midi, & qui
fervent de cabinet d'aifance à tous
les paffans : on y voit des rues fans
alignement & fans régularité, dont
les plus belles font fouvent cou-
pées par des traverfes étroites, obfcures, mal-propres & puantes ;
il n'y a dans ces rues point de trot-
toirs pour les piétons, par con-
féquent point d'abri contre les dan-
gers des carroffes & les éclabouf-

fures : on y defire encore une cathédrale, un hôpital, un palais de
juftice, un hôtel - de - ville , des
marchés vaftes, propres & commodes, des théatres dignes de la
nation & des chefs-d'œuvre de fes
grands hommes : on y voit encore
avec douleur fur les ponts, ces an-
tiques & déteftables cahutes qui
ôtent le fuperbe coup-d'œil des deux
bras de la riviere. La plupart des
édifices qui font le principal ornement de la ville, font ou impar-
faits, ou mafqués : il manque au
Louvre l'autre aile des galeries du
côté de la rue Saint-Honoré ; il
n'y a encore point de place régu-
liere & décorée devant fa fuperbe
façade qui a pour pendant l'églife
gothique de S. Germain-l'Auxer-
rois. Le portail de S. Sulpice eft
placé dans la ruelle , entre l'é-
glife & le féminaire, & il faut fe
rordre le col pour pouvoir porter la

vue jufqu'au fecond rang de colonnes. L'école de chirurgie eſt tellement bornée par la barbare églife des cordeliers, que les carroſſes ne peuvent pas entrer dans la cour. Il faut deviner le portail de S. Gervais, un des chefs-d'œuvre de l'architecture.

Pourquoi ne pouvons - nous pas atteindre au degré de grandeur, de nobleſſe & de magnificence des anciens dans les édifices publics ? On prétend qu'ils avoient plus de facilité que nous dans l'exécution : on nous conte qu'il n'en a coûté que des oignons pour élever les pyramides d'Egypte, que la main-d'œuvre ne coûtoit rien aux Romains & aux Grecs, parce qu'ils faiſoient travailler leurs eſclaves : mais que dire du petit royaume de Palmyre, grand comme le comtat Venaiſſin, où l'on n'a jamais parlé d'oignons, où les eſclaves ne de-

voient certainement pas être nombreux , & où l'on voyoit cependant ce fameux temple dont les
précieux débris attirent encore aujourd'hui tant de voyageurs , & font
l'admiration de tous les peuples
éclairés ? Je crois que la véritable raison de la supériorité des
Grecs & des Romains sur nous ,
quant à ce point , est qu'ils étoient
vraiment patriotes , & que nous
sommes égoïstes ; qu'ils donnoient
tout au faste public , & nous au
faste privé. On ne peut plus ar-
racher aujourd'hui de l'argent aux
particuliers pour les édifices publics , que par la charge forcée
d'un impôt, ou la trompeuse amor-
ce d'une loterie : une loterie a bâti
l'église de Saint Sulpice ; une im-
position sur les cartes a été appli-
quée à la construction & au maintien de l'école militaire.

Parmi les marbres d'Arondel ,

conſervés à Oxford, on trouve
une inſcription grecque qui a trait
à la reſtauration du gymnaſe de
Smyrne, & dans laquelle ſont rap-
portés les noms de tous les citoyens
qui avoient concourru à cet embel-
liſſement. Aujourd'hui, le plus riche habitant de Paris, qui ſe ruine-
ra volontiers au jeu, en maîtreſſes,
en chevaux & en voitures, ne don-
nera pas vingt-quatre ſols pour avoir
une cathédrale auſſi belle que S.
Pierre, & un palais de juſtice auſſi
majeſtueux que l'ancien capitole.

CHAPITRE II.

Des Parisiens.

Les Parisiens sont fort enthousiasmés, fort orgueilleux de leur Paris, & pensent qu'il n'y a point de salut, & même point d'existence dans aucune autre ville du monde. Cependant, tous les gens riches, tous ceux même qui ont quelqu'aisance, en partent après pâques, n'y reviennent que vers noël, sont absens environ neuf mois de l'année, & appellent cela vivre à Paris. Les seigneurs vont dans des terres éloignées; mais le plus grand nombre des gens opulens, riches ou commodes, va dans des villages contigus ou voisins de Paris, comme Auteuil, Passy, Saint-Cloud, Sève, Nogent, Vincennes, Saint-Maur,

Villejuif. Ceux qui ont de grands moyens occupent de magnifiques maisons isolées, dont l'extérieur est décoré de la plus belle architecture, & l'intérieur meublé avec toute la richesse & le goût imaginables. Ces maisons sont entourées de parcs, de jardins bien peignés, bien léchés, bien symmétriques, où il n'y a absolument rien d'agreste. Les gens dont les facultés sont plus resserrées, ont des maisons dans les villages, avec de petits jardins, ou plutôt des basse-cours arborisées, & ne voient pas plus les champs que s'ils étoient logés dans la rue Saint-Denis, ou dans la rue Saint-Honoré. Les uns & les autres tiennent le même état, voient à peu près le même monde, menent la même vie, s'assujettissent à la même parure, ont les mêmes habitudes que dans le sein de Paris, ne peuvent pas tirer un coup de fusil sans être safis par

A v

les gardes-chasse , & appellent cela
être à la campagne. Ils veulent absolument trouver la campagne dans
un circuit où l'art a chassé de par-
tout la nature. Ils s'efforcent de donner à leurs possessions quelqu'apparence champêtre. A côté d'un superbe château, à la décoration duquel l'art a été épuisé, ils ménage-
ront un petit réduit où l'on sera
étonné de trouver une vache ,
quelques moutons, de la volaille ,
une laiterie, un tas de fumier, une
vieille charrette qui n'a jamais servi à autre chose qu'à faire partie
de ce costume rustique , mendié ,
décousu & ridicule. Ces gens - là
réussiroient tout aussi-bien en ville ,
en faisant entrer une vache , une
chevre & quelques brebis dans leur
sallon de compagnie, faisant battre
du beurre & cuire quelques fromages dans leur antichambre , &
mettant une poule & une oie à cou-

ver dans leur boudoir. On ne fait
point la campagne , elle eſt toute
faite ; elle eſt ſortie des mains du
créateur , & non de celles de l'homme. Il faut l'aller chercher dans ces
climats heureux , dans ces pays for-
tunés où une belle terre , un ſol
varié , un air pur , un ſoleil brillant , des ſources naturelles , des
arbres que le ciſeau de l'homme n'a
jamais mutilés , nous donnent ces
beaux tableaux , ces perſpectives
riantes que nous aimons à voir re-
préſentées ſur la toile par la main
de nos habiles artiſtes. Il faut aller
goûter les délices de la campagne
parmi ces hommes ſimples qui n'ont
jamais été infectés de la corruption des grandes capitales , & qui
ont encore conſervé quelque pureté dans les mœurs. Tous ces cam-
pagnards des environs de Paris ne
font que changer de ville , & même
de quartier ; car il y a pluſieurs

de ces villages qui peuvent être regardés comme des quartiers reculés de Paris. Ils se privent des agrémens de la ville, sans jouir des plaisirs ruraux ; ils donnent à leurs amis, paresseux ou occupés, le chagrin de les perdre pour long-tems, & à leurs amis empressés & libres, la peine de les aller chercher fort loin.

Dans le mois de Juin dernier, un financier de ma connoissance m'invita à aller le voir à sa campagne. Nous prîmes jour. Je m'y rendis de bon matin, pour avoir le tems de jouir. Je montai en voiture à six heures, avec le plus beau tems du monde. J'étois à peine à la barriere, que le tems étoit déjà couvert ; j'arrivai à huit heures, par une pluie à verse. Monsieur n'étoit pas encore venu, & il n'étoit pas encore jour chez Madame. J'entrai dans une maison charmante, où tout respiroit le luxe, l'opulence & la volupté. On m'ouvrit le sallon, où je fus tout seul pendant très-long-tems. Je dévorai une mauvaise brochure que je trouvai sur un canapé. Vers les neuf heures & demie, il vint des Messieurs & des Dames de la ville, & je trouvai à converser. Le financier parut peu de tems après, suivi d'un laquais qui lui portoit deux grands porte-feuilles. Il témoigna à la compagnie tout le chagrin qu'il avoit de s'être laissé devancer; & après quelques civilités d'usage, il nous dit que Madame ne tarderoit pas de se lever, & demanda la permission de passer dans son cabinet pour expédier un travail qu'il n'avoit pas pu achever la veille. A onze heures, Madame sonna, & vint peu de tems après dans le sallon. Elle demanda beaucoup d'excuses de sa paresse ;

elle la mit fur le compte d'un mal
de tête qu'elle avoit gagné en fe
promenant le foir d'auparavant dans
le parc, & qui lui avoit fait paffer
une nuit affreufe. Après avoir été
bien plainte & bien confolée, elle
fit fervir, à déjeûner, du choco-
lat, du café à la crême, forma enfuite de fa compagnie deux parties
de wifck, alla fe mettre à fa toi-
lette, & reparut, vers les deux
heures, dans la plus élégante parure. On commença à parler de dîner; on fe mit à table à près de
trois heures: le maître de la maifon ne vint que quand on l'avertit
qu'on avoit fervi. La converfation
roula beaucoup, pendant le repas,
fur les agrémens & la liberté de la
campagne. La maîtreffe de la maifon, qui s'étoit levée à onze heures, qui avoit attrapé un mal de
tête épouvantable pour s'être pro-
menée un peu trop tard dans le

parc, qui étoit vêtue dans le plus grand goût, coëffée avec la plus grande prétention, qui avoit à ses cheveux de la poudre d'odeur, dont tout le sallon étoit parfumé, & du rouge depuis le menton jusqu'aux paupieres, & qui, à coup sûr, n'avoit de sa vie su distinguer un chou d'avec un oignon, ni un pommier d'avec un cyprès, parla beaucoup, & dans le style le plus recherché, des travaux rustiques, des changemens qu'elle avoit fait faire à son potager, des progrès de ses arbres fruitiers, du veau que sa vache lui avoit donné, des fromages qu'on avoit faits dans sa laiterie, & se donna un petit air d'agricole, qui m'amusa on ne peut davantage, & qui s'accordoit à merveille avec son ajustement & son jargon. Elle ressembloit à une femme de campagne, à peu près autant qu'un berger de l'opéra, habillé de taffetas blanc bordé de rubans bleus ou couleur de rofe, avec un chapeau & une écharpe de fleurs, & une houlette entourée de rubans & de guirlandes, reffemble à un vrai pâtre qui conduit des bœufs ou des moutons. Le mari ne defferra les dents que pour manger, & avoit l'air fort rêveur : il étoit déjà queftion du nouveau bail des fermes. On fortit de table à cinq heures. Le tems s'étoit un peu raccommodé pendant le dîner J'entendois tout le monde fe plaindre d'une chaleur étouffante, tandis qu'un froid humide, qui m'avoit pénétré jufqu'au os, m'avoit forcé de boutonner mon habit. On convint unanimement qu'on ne pouvoit pas encore fe rifquer à la promenade. Il prit une envie fubite à deux femmes d'aller voir un opéra nouveau qu'on donnoit ce foir-là à Paris ; elles montèrent fur le

champ en voiture, & deux cavaliers les accompagnerent : le refte
de la compagnie fe remit au wifck.
Vers le crépufcule, quand les chau-
ve - fouris commencerent à fe montrer, on fit quelques tours dans
le jardin , fous des ormes taillés
en arcades , & fur une terraffe, le
long de laquelle régnoit une ba-
luftrade en fer doré. Une Dame
dit qu'il y avoit de l'humidité dans
l'air ; ce fut le fignal de la retraite
On rentra ; on fit de la mufique
pendant un quart - d'heure ; on joua
au loto jufqu'au fouper : on foupa,
& dès qu'on fut hors de table , le
maître de la maifon prit congé
de la compagnie pour retourner en
ville , parce qu'il devoit fe trouver le lendemain à l'affemblée à
l'hôtel des fermes. Les autres convives s'arrêterent à coucher. Pour
moi, je prétextai une affaire importante qui m'obligeoit de me

trouver de bon matin à Paris. Le
maître me força de congédier ma
voiture, me fit monter dans la fienne : la pluie nous accompagna pendant tout le chemin ; il me remit
chez moi, & je me couchai enivré
des plaifirs de la campagne.

Trois mois après, je rencontrai
mon financier aux Tuileries. Il me
demanda ce que j'étois devenu,
m'affura que Madame, qui certainement n'avoit pas une feule fois
penfé à moi depuis que je l'avois
quittée, fe plaignoit amérement de
ce qu'on ne m'avoit pas revu. Je
m'excufai le mieux qu'il me fut
poffible. Un Monfieur & une Dame qui étoient avec lui, & que
j'avois vus à cette partie de campagne, me rappellerent avec complaifance les plaifirs que nous y
avions goûtés. Je leur proteftai qu'ils
étoient toujours préfens à ma mémoire, & que le fouvenir m'en fe-

roit toujours cher. Mais je n'y ſuis
plus retourné.

CHAPITRE III.

Des Uſages nouveaux.

Je n'étois pas venu à Paris depuis
quinze ans : en y entrant, j'ai cru
entrer à Londres. Je n'ai rencontré
dans les rues que des carroſſes à
l'angloiſe, dans leſquels étoient des
femmes coëffées en chapeaux élégans, dont la mode nous eſt venue
d'Angleterre ; des cabriolets à l'angloiſe, menés par des petits-maî-
tres enveloppés dans des redin-
gottes à doubles, triples & qua-
druples collets rabattus en forme
de camail, ſurmontés de petits chapeaux ronds ; des cavaliers habillés
& montés à l'angloiſe ; des piétons

dans le même accoûtrement. J'ai observé derriere les voitures, de petits garçons vêtus & coëffés comme leurs maîtres, ayant de plus les cheveux ronds, plats & fans poudre, & le toupet rabattu fur le front : j'ai trouvé fur mon chemin plufieurs boutiques fournies de toutes fortes de marchandifes angloifes, & intitulées : Magafins Anglois ; & j'ai vu le punch anglois annoncé en groffes lettres dans les enfeignes d'une infinité de cafés de la ville & des fauxbourgs. Un peu avant d'arriver à l'hôtel garni où je devois loger, j'ai apperçu de loin plufieurs hommes à cheval, venans en troupe : la curiofité m'a engagé à m'arrêter pour les voir paffer. A la tête marchoit un homme de bonne mine, monté fur un courfier anglois & harnaché à l'angloife, lui-même étoit habillé dans le coftume anglois le plus exact.,,

& en affectoit tout le maintien & les allures : j'ai jugé que c'étoit un perfonnage confidérable, parce que tous les autres cavaliers avoient l'air de former fon efcorte. Pour le coup, ai-je dit, celui-ci eft certainement un Anglois ; c'eft fans doute un ambaffadeur qui arrive de Londres pour apporter des propofitions de paix à notre cour. Cette perfuafion a redoublé ma curiofité ; j'ai vaincu la petite honte qu'il y a à Paris de s'avouer provincial ; & j'ai demandé quel étoit ce feigneur ? Mais ma furprife a été extrême quand on m'a dit que c'étoit un homme de la cour qui revenoit de fort mauvaife humeur d'une de ces courfes de chevaux établies à Vincennes, à l'imitation de *Neumarket*, & où il avoit perdu en trois fecondes une gageure confidérable.

Je fuis entré dans mon logis ;

frappé de tout ce que je venois
de voir. Il me paroiſſoit étrange que
la canaille de Londres propoſât des
coups de poing à un François qui
oſoit paroître dans les rues de cette
capitale avec l'habillement de ſa nation ; tandis que le peuple de Paris
ſouffre patiemment que ſes propres concitoyens ſe montrent à lui
dans le coſtume de ſes plus irré-
conciliables ennemis.

J'étois abſorbé dans ces réflexions, lorſque tout-à-coup une
grande rumeur que j'ai entendue
dans la rue, m'a tiré de ma rêve-
rie. Je me fuis informé du motif
qui occaſionnoit un attroupement
tumultueux : on m'a dit qu'on portoit à la morgue les cadavres de
deux hommes & d'une femme qui
s'étoient jettés volontairement dans
la riviere, d'où on les avoit retirés
noyés. Mon laquais eſt rentré chez
moi dans le même inſtant, & m'a

raconté qu'il venoit de S. Sauveur, où pendant les vêpres une femme s'étoit coupé la gorge dans un confessionnal. Tous ces horribles événemens m'ont donné la plus sombre mélancolie. Je suis sorti pour aller à la promenade, & me dissiper un peu : en passant dans la rue Saint-Honoré, j'ai rencontré le guet & le commissaire, allant faire un *accedit* chez un marchand dont les affaires étoient dérangées, & qui s'étoit pendu dans sa boutique. Ces différentes copies des Anglois m'ont paru plus sérieuses & plus effrayantes que l'imitation de leurs modes, de leurs habillemens & de leurs voitures. J'étois sur le point de retourner chez moi, de faire mettre les chevaux à ma chaise, d'abandonner mes affaires, & de partir sur le champ, de peur que ce vertige ne me gagnât ; mais j'ai été retenu par l'espoir de trouver

à un souper auquel j'étois invité ;
chez une des plus jolies & des plus
élégantes Dames de Paris, assez de
gaieté pour chasser l'humeur noire
que tant d'horribles images avoient
versée dans mon ame. Je m'y suis
rendu au sortir du spectacle, persuadé que j'allois prendre ma part
d'un de ces soupers délicieux que
l'on faisoit ici autrefois, dans lesquels les joyeux propos, la fine
plaisanterie, la galanterie délicate
répandoient tant d'agrémens, où
l'on rioit, & d'où l'on sortoit
gai & enivré de plaisir ; mais on
ne rit plus dans ce pays-ci. On s'est
assis à onze heures autour d'une table servie avec autant de luxe que
de délicatesse ; mais les plats les
plus exquis, & dont le coup-d'œil
étoit capable de rappeler l'appétit
dans l'estomac le plus délabré, n'ont
seulement pas été touchés : on a
servi un consommé & deux œufs

à

à la coque à la maîtreſſe de la maiſon ; les convives, hommes & femmes, dont les uns prenoient les eaux de Paſſy, & les autres étoient rongés de vapeurs, n'ont mangé qu'un peu de farineux, & grignoté quelques pâtiſſeries légeres. Les bouteilles de pluſieurs vins délicieux qui étoient autour de la table, n'ont été débouchées que pour moi ſeul, qui en ai bu largement, après avoir mangé de tous les plats, & avoir déployé un appétit brillant, qui m'a attiré l'attention & les applaudiſſemens de toute la cacochyme aſſemblée.

On ne diſoit mot. La maîtreſſe de la maiſon, jolie comme un ange, & âgée de vingt ans, s'eſt apperçue de quelques bâillemens de ſes convives, & avoit peine à retenir les ſiens ; elle a rompu le ſilence, & pour égayer la compagnie, a demandé à un premier

B

commis qui étoit à côté d'elle, si
l'on avoit appris quelque chose des
opérations de M. le comte d'Es-
taing ? & sans attendre sa réponse,
a disserté longuement & profondé-
ment sur les évolutions d'une flotte,
sur l'art d'approvisionner à propos les escadres, & d'intercep-
ter les convois ennemis. Une autre jeune & jolie femme nous a
donné l'analyse des mémoires de
feu M. le comte de Saint - Germain, a parlé très - pertinemment
sur son système militaire, & alloit
nous donner le développement de
ses vastes connoissances sur l'état
de la cavalerie & des dragons,
lorsqu'elle a été interrompue par
une dévote, qui a discuté avec la
plus profonde doctrine, un nouveau mandement de M. l'arche-
vêque de Paris, & cité à propos
plusieurs passages de la Bible &
des saints peres. Quelques hom-

mes qui avoient formé une conversation à part à un autre bout
de la table, se sont entretenus des
intérêts des places de Bordeaux, de
Marseille, de Nantes, des prises
que les Anglois nous ont faites, &
du cours actuel des effets royaux.
On s'est levé de table à moitié en-
dormi; & pour se réveiller, on a
passé à une table de loto : j'y ai
perdu mon argent, & me suis retiré à trois heures du matin, la
rage dans l'ame d'avoir vu le beau
monde & la meilleure compagnie
infectés, sans espoir de guérison,
du *spleen* & de la mélancolie angloise.

Alexandre, dans le cours de ses
conquêtes, adopta les mœurs des
Perses; mais ce fut après les avoir
vaincus & soumis à sa domination.
Nous avons pris par anticipation
les modes, les goûts, les vices &
les ridicules d'une nation d'ailleurs

B ij

fi eftimable, & notre rivale : nos
fuccès contr'elle auroient dû précé-
der cette imitation. Ce n'eft qu'a-
près avoir enlevé à jamais aux Anglois le commerce de leurs colonies, après leur avoir ravi l'empire
des mers, dont ils ont été fi long-
tems en poffeffion, qu'il nous fera
permis d'être habillés, montés,
voiturés, fervis à l'angloife, de
boire du punch, de jouer au wisk,
de nous caffer la tête, de nous
couper la gorge, de nous jetter
dans la riviere, de bâiller & d'en-
nuyer dans les foupers toutes les
jolies femmes : ce n'eft qu'après
des victoires décifives qui fixeront
à jamais la fupériorité de notre
monarchie fur celle de la Grande-
Bretagne, qu'il fera permis aux
François qui ont manqué les occafions, d'accélerer ce triomphe de
la nation, de fe pendre de défefpoir.

CHAPITRE IV.

Des Courtifans.

Les grands font à peu près les mêmes par-tout : il y a entr'eux peu de nuances; & ce que je dirai des nôtres , convient affez à ceux de tous les empires du mónde.

Un grand , fuivant la définition généralement reçue en France , eft un individu qui réunit à la fois une naiffance illuftre , une éminente dignité , une vafte fortune : aucune de ces qualités , féparée & ifolée , ne porte avec elle la qualification de grand , qui n'appartient qu'à l'affemblage de toutes ces chofes dans la même perfonne. Les gens de cour auxquels il manque quelqu'un de ces

B iij

avantages , travaillent infatigable-
ment à fe le procurer , tentent
pour cela toutes les voies permi-
fes & défendues : ils font communément peu délicats fur le choix
des moyens ; plufieurs ufurpent
des noms , achetent des dignités ;
raviffent des places , élevent des
fortunes , en accumulant des biens
mal acquis & des graces furprifes
à l'incurie , ou arrachées à la foi-
bieffe : ils épuifent pour parvenir
à leurs fins , les vertus & les vices ; les vertus dans les commiffions , les vices dans les intrigues.
On voit ces mêmes hommes nobles , généreux , magnanimes ;
bienfaifans dans les commande-
mens, les ambaffades & les voyages , vils , bas , rampans , four-
bes , méchans, quelquefois cruels
dans le tourbillon : on diroit que
les vices inféparables de la cour,
prennent congé d'eux quand ils en

ſortent , & les attendent à leur
retour ; & les vertus qui péné-
trent rarement dans cette atmoſ-
phere dangereuſe , ou qui y ſé-
journent peu quand le haſard les
y introduit , les accompagnent
lorſqu'ils s'en éloignent , & les
abandonnent dès qu'ils ſongent à
s'en rapprocher.

L'unique occupation des grands
eſt de plaire au maître : ſa faveur
eſt leur plus ardent deſir, ſa diſ-
grace , leur plus grande crainte ;
l'éloignement de ſa perſonne &
des affaires , le ſupplice le plus
cruel qu'ils puiſſent endurer : ils
flattent , ils careſſent , ils encen-
ſent le favori ; ils mépriſent , ils
inſultent, ils accablent le diſgra-
cié avec une égale baſſeſſe. Comme ils tendent tous au même but,
ils ſont tous rivaux, & par con-
ſéquent toujours ennemis, ou toujours prêts à le deviner. On les

voit fans ceffe occupés à fe nui-
re , à fe détruire les uns les autres. Un général retourne après
une glorieufe expédition ; un ambaffadeur revient rendre compte
d'une négociation adroite & heu-
reufe ; ils font encore incertains
de l'accueil qu'ils recevront , celui de la nation ne peut pas leur
en être garant ; il dépend de l'afpect fous lequel leurs ennemis ,
leurs envieux , un miniftre duquel ils auront été forcés de fe
plaindre , auront préfenté au roi ,
en leur abfence , le tableau de
leurs opérations. Les grands n'affectent , les uns envers les autres,
les dehors de l'amitié que lorfque des ménagemens néceffaires
& momentanés l'exigent ; l'intérêt feul peut cimenter entr'eux des
liaifons paffageres, dans lefquelles
le fentiment n'entre jamais pour
rien : ils ne fe réuniffent & ne fe

prêtent une affiftance réciproque que lorfqu'ils ont befoin de fe-cours mutuels. Le favori du mo-ment croit utile à fes vues de mettre dans une grande place un homme à fa dévotion : il jette les yeux fur celui qu'il croit le plus attaché à fon parti ; il intrigue , il cabale , pour faire pencher vers lui le choix du monarque ; mais fa créature a été à peine inftallée , qu'elle emploie tout le crédit & la prépondérance que lui donne cette place pour culbuter & écra-fer fon bienfaiteur , qui lui impo-fe des loix trop dures , & lui rend le joug de la reconnoiffance pe-fant & faftidieux : le bienfaiteur , de fon côté , s'efforce bientôt de détruire fon ouvrage , de renver-fer l'édifice qu'il a élevé , & d'a-néantir une maffe fur laquelle il efpéroit d'appuyer fes projets , & qui n'a fervi qu'à barrer fa marche.

B v

Les mœurs des grands font toujours celles du prince : auffi dans
le cours d'un long regne , voit-
on changer plufieurs fois le tableau des mœurs. La vie d'un fouverain qui pouffe fa carriere au
terme ordinaire , offre communément quatre époques principales ,
ou quatre regnes différens ; le regne des maîtreffes , celui des miniftres , celui du médecin & celui du confeffeur. Le prince , dans
fon jeune âge , fe laiffe-t-il entraî-
ner par l'attrait des plaifirs ? s'a-
bandonne-t-il aux délices que lui
offre une cour brillante ? fes déré-
glemens autorifent ceux des grands
qui l'entourent ; ils s'empreffent à
l'envi , pour lui plaire , d'approu-
ver & d'imiter fes défordres : on
voit le fafte , la diffipation , le
jeu , la licence & la débauche ré-
gner à la cour. Les dégoûts de la
fatiété , le jugement qu'un âge

plus mûr amene quelquefois, ren-
dent-ils à l'état un roi que les égaremens de la jeunesse lui avoient
enlevé ? Commence - t - il de montrer quelque application aux affaires, quelque desir de prendre les
rênes du gouvernement ? les courtisans jouent un autre rôle : tous
ces libertins se transforment, tout-
à-coup, en hommes d'état, prennent le masque imposant de la gra-
vité, les dehors trompeurs de la
sagesse, le vernis éblouissant du
mérite ; tâchent de faire briller
des talens, de manifester des connoissances, affichent des prétentions, sollicitent de pénibles com-
mandemens, des commissions dé-
licates, & s'efforcent de parvenir à la faveur par le fastueux éta-
lage d'un zele ardent pour le bien
de l'état. Les uns réussissent ; les
autres échouent, & après s'être
long-tems tourmentés, ne recueil-

B vj

lent d'autre fruit de leurs peines
que le défefpoir d'avoir facrifié la
jouiffance réelle du plaifir à la vai-
ne pourfuite de la fortune. *Savez-
vous l'Efpagnol*, demanda un jour
Louis XIV à un de fes courtifans ?... *Non , fire* , répond l'homme de cour ; *mais je l'apprendrai.*
Cet homme , perfuadé que le roi
le deftine a l'ambaffade d'Efpagne
ou à quelqu'autre importante com-
miffion qui exige la connoiffance
de cette langue , travaille fans re-
lâche , deux ans , à l'apprendre ;
& quand il croit la pofféder , il
court en faire part au roi. *Je vous
en félicite* , lui dit fa majefté :
*vous aurez le plaifir de lire Don-
Quichotte dans fon original.* Le fouverain avance en âge ; il reffent les
infirmités qui annoncent la vieilleffe. Voilà tous les courtifans devenus fubitement cacochymes ; ils
n'ofent plus fe bien porter , ni

préfenter à la cour une fanté triom-
phante : ceux qui ont le malheur
d'être affligés d'une bonne conftitution , ne s'y montrent qu'a-
près avoir fait un voyage aux eaux
de Spa & de Plombieres , ont foin
de fuppofer des incommodités , de
parler fouvent de leurs maux , de
leurs remedes , de leurs médecins ,
& fur-tout de ne jamais citer ceux
qui peuvent déplaire au médecin
du roi, dont le regne a commencé à l'époque où a fini la fanté du
monarque. La caducité arrive : les
infirmités multipliées avertiffent le
prince qu'il touche à fon dernier
terme ; il voit approcher le moment fatal où il doit aller rendre
compte de fes actions au roi des
rois ; il a un retour vers l'éternité : déjà des prédicateurs en-
flammés du zele évangelique , ou
du defir de s'élever aux dignités
de l'églife , ofent par des parabo-

les adroites , des allégories ingé-
nieufes , reprocher des égaremens
paffés , tonnent contre les déré-
glemens d'une cour licencieufe &
corrompue , ne craignent point de
faire éclater dans les fonctions de
leur faint miniftere , un courage
noble , qui , en affligeant le monarque par de falutaires vérités ,
obtient prefque toujours fon eftime. La fcene change : l'hypocri-
fie s'y montre revêtue de tous les
dehors du recueillement & de l'auf-
térité. A la parure la plus recher-
chée fuccéde un extérieur fimple
& modefte : on ne voit plus à la
cour que des yeux baiffés , des
cols tordus , des têtes penchées ;
on n'y parle plus que d'exercices
de piété : les couples les plus dé-
funis fe rapprochent & vivent fous
le même toît ; les plus grandes
dames affectent de nourrir elles-
mêmes leurs enfans ; les dettes fe

paient : on abandonne les fpectacles ; on fréquente les églifes, les
heures, les femaines faintes, l'imitation de Jéfus-Chrift : les livres de
morale & de religion prennent la
place des brochures, des romans
& des livres obfcenes fur les cheminées, fur les toilettes & dans les
boudoirs. Heureufement pour les
gens de cour, ce dernier rôle,
cette pénible & ennuyeufe repréfen-
tation ne font pas de longue durée.

On peut dire enfin, que les
grands n'ont que des mœurs de
convenance, & rarement des
mœurs de principes. Entiérement
livrés à l'art, à la feinte, à la
diffimulation, toujours occupés à
fe contrefaire, toujours comédiens,
leur ame fe rend peu - à - peu
inacceffible aux fentimens de la
nature : ils jouent tout, & ne
fentent rien. Les douceurs de l'a-
mitié, les délicieux épanchemens

de la cordialité leur font inconnus : ils ne les goûtent pas même dans le fein de leurs familles ;
les parens les plus proches, étrangers les uns aux autres, ont prof-
crit parmi eux les noms doux &
facrés de pere & de mere , de
fils & de filles , d'époux & d'é-
poufe , de frere & de fœur , &
leur ont fubſtitué les froides qua-
lifications de *Monſieur* , *Madame*
& *Mademoiſelle* , qui portent avec
elles l'empreinte glacée de l'indifférence : le plus léger intérêt les
brouille & les divife , leur fait
brifer les liens les plus facrés ,
enfreindre les devoirs les plus in-
violables. On fe fouviendra que
fous le regne précédent, on a vu
à la cour un fils choifir fon pere
pour plaſtron de fes bons mots &
de fes plaifanteries , fe permettre
contre lui les farcafmes les plus
mordans. Ne rappellons point une

foule de traits connus , & bien
plus criminels encore , qui feroient
rougir l'humanité.

Les foins dévorans de l'ambition , les efpérances , les craintes ,
les follicitudes , les tribulations
inféparables de l'état du courti-
fan , l'attention qu'il doit avoir de
profiter de tout ce qui peut le conduire à la faveur , d'éviter les pie-
ges qu'on lui tend , de parer &
de ripofter les coups qu'on lui
porte ; les mortifications qu'il
éprouve fouvent à la cour , les
dégoûts d'un éternel efclavage ;
tout cela tient les grands dans une
perpétuelle contention qui les pri-
ve de toutes les jouiffances , &
leur fait traîner des jours malheureux : leur continuelle agitation
eft une preuve de la mortelle lan-
gueur qui accable leur ame ; ils
ne font jamais bien qu'où ils ne
font pas : font-ils de fervice à Ver-

failles ? ils viennent tous les jours
à Paris : reviennent-ils à Paris
après l'expiration de leur quartier ? c'eſt pour aller tous les
jours à Verſailles. On voit un
grand revenir le matin de la
cour, où il a paſſé la nuit, ſe
mettre en chenille, enfourcher un
cheval, & faire par les boulevards le tour de la ville, deſcendre de cheval pour monter dans
un cabriolet, ou courir à pied
tout Paris ſans le moindre deſ-
ſein, retourner à l'hôtel, faire
mettre les chevaux, & aller dîner à ſix lieues dans une maiſon
de campagne, en revenir le ſoir
pour ſe montrer dans la plus élégante parure à trois ou quatre
ſpectacles, aller faire une partie
de jeu, & perdre ſon argent chez
un prince, ſouper chez une maîtreſſe, qui a paſſé la journée dans
les bras d'un autre amant, & ren-

trer enfin fort avant dans la nuit, tout étonné d'avoir inutilement couru après le plaifir qui n'a ceffé de fuir devant lui, & de n'avoir rapporté de toutes fes courfes que l'ennui qui l'a fuivi en croupe.

Je rapporterai une anecdote qui n'eft peut-être pas entiérement étrangere à ce qui précede ; elle a trait à la façon de penfer de nos grands, relativement aux alliances. Un homme titré & fort riche qui en avoit contracté une des plus brillantes de l'Europe, me proteftoit un jour qu'il en étoit fâché, & qu'il auroit préféré quelque parti roturier qui eût immenfement augmenté fa fortune : il m'en donna la raifon. *Une alliance éclatante*, me dit-il, *ajoute peu de chofe au luftre d'un très-grand nom : une femme qui verfe dans une maifon déjà puiffante d'immenfes richeffes, lui donne une confiftance* qui la met à même de parvenir à quelque souveraineté, & de profiter peut-être de quelqu'un de ces momens heureux qui ont produit les révolutions les plus inattendues.

Après avoir examiné les grands relativement à leur état de courtisans, entrons dans quelques détails de leur vie privée, & voyons s'ils y trouvent des agrémens capables de racheter l'ennui & les dégoûts qu'ils éprouvent dans le cours de leur vie publique. Leur faste leur est pesant & importun ; ils le regardent comme une charge de leur état : ils ont de brillans équipages, de superbes chevaux, de nombreux domestiques, & on les voit très-souvent courir seuls à pied dans le plus grand négligé : ils ont de magnifiques palais, de vastes & nombreuses pieces ornées, décorées avec toute la magnificence, le goût & la re-

cherche possibles ; & plusieurs se
logent pour leur commodité dans
des entresols ou dans les plus petits appartemens de leurs superbes
hôtels ; ils ont des tables splen-
didement servies , & sont presque
tous au régime ; ils semblent reconnoître & avouer publiquement
qu'un immense superflu n'ajoute
rien au bonheur réel de la vie ,
& ne fait qu'amener au galop la
satiété qui éteint en un instant
toutes les jouissances.

Il goûtent peu de consolations
dans l'intérieur de leurs familles,
où les sentimens de la nature n'ont
presque point d'accès : les parens
ne se réunissent que lorsqu'ils sont
forcés de s'entendre & de se liguer
pour l'intérêt commun , lorsqu'il
est important qu'ils forment une
masse prépondérante de crédit pour
détruire un concurrent dont ils re-
doutent la faveur , pour faire rend

voyer un miniſtre dont ils ont à
ſe plaindre ; mais la diviſion re-
commence dès que l'objet eſt rempli. Ils ſont également privés des
douceurs de l'amitié : preſque tou-
jours rivaux & concurrens les uns
des autres , ils n'ont jamais d'a-
mis chez leurs égaux ; ils pourroient s'en faire dans le nombre
de leurs inférieurs & de leurs
cliens ; mais malheureuſement entre inégaux il n'y a jamais de ſociété.

Ils ont des maîtreſſes , plus ſouvent par faſte & par air , que par
goût & par inclination : c'eſt une
partie de leur luxe ; & ce luxe eſt
ordinairement très-cher : une ſeule
actrice de l'opéra , un peu célebre , coûte à Paris à un ſeigneur
exténué , qui n'a plus la faculté
d'en uſer , plus que ne coûte ; en
Turquie , un nombreux ſerrail à
un vigoureux pacha qui en abu-

fe ; & ce même feigneur françois , en dérangeant fa fortune
pour fatisfaire la vanité , les fan-
taifies , les caprices de cette courtifanne , a la douleur de voir fa
bien - aimée verfer d'une main ,
fur un véritable amant dont elle
raffole , les libéralités qu'elle reçoit , de l'autre , d'un entrete-
neur qui lui eft odieux.

Il y a parmi les grands , peu
ou point de véritables amateurs
des fciences & des arts ; s'ils fe
plaifent à employer les talens des
célebres artiftes , & à en être en-
tourés , c'eft pour fe donner un air
de Mécénes : ils font , on ne peut
plus flattés , lorfqu'ils reçoivent
quelque hommage , quelque diftinction de la haute littérature ;
mais fonciérement , ils n'en dé-
teftent pas moins les lettrés ; ils
leur portent envie , & font au défefpoir que des gens qui n'ont

ni dignités , ni places , ni titres ,
ni décorations, faſſent plus de bruit
qu'eux dans le monde ; ils les
craignent , mais ils les careſſent ,
parce qu'ils ſavent que ce ſont
ces hommes qui élevent & ren-
verſent les réputations. Croiroit-
on qu'un grand ſeigneur n'a pu
s'empêcher de laiſſer échapper des
mouvemens de jalouſie du triomphe de Voltaire , & a oſé témoigner qu'il regardoit comme une
profonation , l'uſage des lauriers
dont on avoit formé ſa couronne ?

Blaſés , de très - bonne heure ,
ſur tous les plaiſirs , il ne leur reſte
plus guere , à un certain âge ,
d'autres amuſemens que le jeu qui
les dérange , les maîtreſſes de faſte
dont ils ne peuvent jouir , & qui
achevent de les ruiner ; les veilles
qui les épuiſent , les ſpectacles
qui les ennuient , & où ils vont
moins pour voir que pour être vus.

Ils

Ils font chez eux d'un difficile
accès : leurs portes font prefque
toujours confignées ; ils n'aiment
pas à être vus dans leur intérieur,
fi ce n'eſt par le petit nombre de
gens auxquels ils ont quelque confiance , ou dont ils ne peuvent
fe paſſer. Souvent , dans quelque
réduit de leurs palais, ils cachent
des infirmités , dont la publicité
leur feroit nuifible ; ils dévorent
des chagrins , ou en préparent à
leurs ennemis ; ils célent des follicitudes & des tribulations , qu'il
feroit dangereux pour eux de ma-
nifeſter ; leur vie publique , enfin ,
eſt trop mêlée de dégoûts & d'a-
mertume , pour ne pas empoifon-
ner leur vie privée : ceux qui n'ont
point fait d'éclatantes actions, qui
ne font point payés de leur agitation continuelle , de leurs peines ,
de leurs travaux , par les fuccès
de l'ambition ou les douceurs de

C

la gloire , après avoir vécu malheureux , meurent presqu'entièrement ignorés.

Grands , voilà votre portrait ; il n'eſt pas flatté ; mais malheureuſement il eſt reſſemblant. Corrigez-vous ; tâchez de donner un démenti au peintre, qui ſera charmé de pouvoir ſe rétracter. Il y a parmi vous un petit nombre d'hommes, dont les ames grandes , nobles & généreuſes , n'ont jamais été infectées du venin de la corruption , dont la vertu inébranlable a toujours réſiſté à la contagion générale : prenez - les pour modèles ! gouverneurs, allez dans vos provinces faire le bonheur des peuples , dont le ſoin vous a été confié ! Evêques ; allez dans vos dioceſes conduire & ſoulager les brebis dont vous êtes les paſteurs ! Colonels , allez à vos régimens apprendre votre métier , connoitre les officiers & les foldats que vous commandez ! Vils efclaves, bas valets à la cour , allez dans vos places , jouir d'une félicité réelle & de la véritable grandeur ! Renoncez à une honteufe faveur , acquife par la flatterie & la fou-pleffe ; forcez le monarque , par l'élévation de vos fentimens , l'é-clat de vos exploits , l'utilité de vos fervices, à vous accorder des diftinctions honorables ; tâchez de mériter l'eftime & la vénération publiques, qui peuvent feules fai-re le bonheur de votre vie , & porter votre nom à la poftérité.

CHAPITRE V.

Des Ambaſſadeurs & des Miniſtres des Cours.

L'envoi & la réſidence des ambaſſadeurs & des miniſtres dans les cours, eſt une eſpece de ſurveillance autoriſée par une convention d'une antiquité immémoriale , & ſoufferte par une tolérance réciproque. L'eſpion ſourd & obſcur , eſt un homme abominable que l'on pend ; le ſurveillant public & accrédité eſt un homme ſacré que l'on reſpecte. Le premier eſt déſavoué & abandonné par ſa cour , qui ſouvent ne laiſſe pas de recueillir le fruit de ſes périlleuſes obſervations : la plus légere offenſe que reçoit le ſecond ,

est faite au souverain qu'il repré-
sente, & qui contracte l'obligation d'en tirer une éclatante vengeance ; un attentat contre sa personne seroit regardé comme une
violation horrible du droit des gens,
& soulevroit toute l'Europe. Cette
sorte de vénération pour le caractere d'ambassadeur a été commune
à toutes les nations & à tous les
siecles ; & ce qui est bien singu-
lier, c'est que les Romains qui
poussoient le mépris pour les souverains au-delà de toute expres-
sion, traitoient avec honneur leurs
représentans : ils humilioient, baf-
fouoient les monarques, & respec-
toient leur image : ils avoient des
égards pour les ambassadeurs de
ces mêmes rois qu'ils traînoient
dans Rome enchaînés à leur char
dans un jour de triomphe. Tout
cela peut être mis, ce me semble, au rang des nombreuses con-

tradictions que l'on rencontre dans ce monde.

Les ambaffades étoient autrefois bien moins pefantes qu'aujourd'hui aux cours refpectives : on n'envoyoit des ambaffadeurs que dans les grandes occafions , leurs miffions étoient momentanées ; ils prenoient congé dès que leur objet étoit rempli. Les ambaffadeurs font actuellement des argus permanens qui éclairent toutes les démarches de la cour où ils réfident. Les miniftres de la cour paffive font fans ceffe occupés à fouftraire à la connoiffance de ces furveillans , les myfteres de leur cabinet, & à foutenir contre ces dangereux athletes des affauts continuels de rufe , d'adreffe & d'habileté. Cet état de contention perpétuelle doit leur devenir à la longue infiniment faftidieux.

La réfidence des ambaffadeurs

de France auprès des puissances
étrangères, a commencé fort tard ;
elle date à peine du milieu de la
troisieme race. Les prédécesseurs
de François I en avoient tout au
plus sept, ou huit dans les principales cours de l'Europe. Ces ministres étoient presque toujours
des évêques, des abbés ou des
gens de robe qui n'avoient ni
représentation, ni traitement, ne
coûtoient pas une obole au trésor
public, & tenoient un état très-
mince avec les seuls revenus de
leurs bénéfices ou de leurs offices ; on les récompensoit même
sans charger l'état, les évêques &
les abbés par de nouveaux biens
de l'église, les gens de robe par
leur avancement dans la magistra-
ture. Le premier ambassadeur qui
ait résidé à la cour ottomane, a
été un évêque qui fut envoyé par

François I au grand Soliman. . :

. . . .

Lorfque l'ambition , l'adreffe ,
l'activité, les fuccès , les intrigues
compliquées de Charles-Quint dans
toutes les cours de l'Europe , mul-
tiplierent par-tout les négociations ;
François I. fe vit forcé de multiplier fes négociateurs : il envoya des ambaffadeurs ordinaires
& extraordinaires chez toutes les
principales puiffances ; il établit
des miniftres dans toutes les dietes
& dans les cours du fecond ordre ,
& entretint même en Efpagne ,
en Italie , en Allemagne , en Angleterre & ailleurs , des penfion-
naires particuliers qui correfpon-
doient avec les ambaffadeurs , &
leur faifoient part des avis impor-
tans qu'ils pouvoient recueillir :
toute la dépenfe de ce corps di-
plomatique n'excédoit pas la fomme de quatre cens trente mille li-

vres. Le paiement des miniſtres de France, réſidens aujourd'hui dans les cours monte à près de deux millions, auxquels il faut ajouter les dépenſes des ambaſſades extraordinaires que l'on envoie de tems en tems; les commiſſions particulieres; les préſens aux puiſſances & aux miniſtres étrangers; & les eſpions, qui, lorſque le miniſtere veut être bien ſervi, font un objet très-important.

On continua, ſous François I, & même encore après lui, de choiſir pour les ambaſſades, des gens d'égliſes & des magiſtrats : la nobleſſe commença enſuite de ſolliciter ces commiſſions. Sous les derniers regnes, les quatre principales étoient réſervées à des ſeigneurs; on donnoit les autres à des gens de qualité ou de condition : les citoyens d'un état honnête avoient l'eſpoir de parvenir

C v

aux places du fecond ordre : aujourd'hui les gens de cour les ſol-
licitent , les obtiennent , & les
occupent toutes ; il ne reſte plus
rien pour les ſujets qui réellement
pourroient ſe rendre utiles à la
patrie.

Le feu comte de Caylus , avec
lequel j'ai été étroitement lié pendant longues années , me diſoit
un jour , en parlant d'un de ſes
parens , alors ambaſſadeur dans
une grande cour de l'Europe :
» Mon pauvre couſin * * * eſt bien
» le plus borné de tous les gens
» en place de ma connoiſſance ;
» c'eſt pourtant , ſans contredit ,
» celui qui fait le mieux ſa beſo-
» gne «. Ce propos ne m'étonna
point. Je ſuis perſuadé que ſi l'on
parcouroit avec attention l'hiſtoire
de tous les hommes qui ont occupé les plus grandes places , on re-
connoîtroit indubitablemement que

ce ne font pas les plus beaux ef-
prits qui ont fait le plus de bien
aux monarchies qu'ils ont gou-
vernées.

L'homme d'efprit par excellen-
ce eft celui qui réunit l'imagination & la raifon. L'imagination
feule fait le bel efprit, qui, s'il
n'a pas la raifon, eft regardé comme un fou. La raifon feule fait le
bon efprit, qui, s'il manque d'i-
magination, paffe à coup fûr pour
une bête. C'eft fous cette accep-
tion que le comte de Caylus parloit de fon coufin, & il avoit raifon. Une tête chaude, facile à monter, fufceptible d'exaltation, pourra faire de grandes chofes ; une
tête froide, qui ne fort pas de
fon cadre, fera de bonnes chofes.
L'homme d'efprit, à l'aide de quelques éclairs infiniment lumineux
de la feule imagination, pourra
avoir un miniftere brillant, qui

C vj

couvrira de gloire le monarque &
la nation ; l'homme de sens, gui-
dé par le flambeau de la seule raison, aura, ce qui vaut beaucoup
mieux, un ministere utile qui fera
le bonheur des peuples.

Le jugement, le tact, la jus-
tesse dans l'apperçu des rapports,
l'amour de l'étude, la multiplici-
té des connoissances, l'assiduité,
l'exactitude & l'ordre dans le travail, la docilité aux avis des gens
éclairés, l'économie grande & noble, non cette épargne minutieu-
se, cet attachement aux petits détails, partage certain du sot, mais
cette science des dépenses utiles
qui n'appartient qu'au grand homme, cet art de verser à propos les
trésors, de faire des sacrifices im-
médiats pour préparer un grand
profit, ou éviter une grande perte
à l'état dans l'avenir ; cet art de
prévoir l'effet très-éloigné de l'opé-

ration du moment , de calculer
long - tems à l'avance les avantages de la monarchie , qui ne meurt
point , ou qui vit du moins très-
long - tems. Je penfe que toutes
ces qualités qui conftituent le grand
homme d'état , fe trouvent plus
aifément chez le bon efprit que
chez le bel efprit ; & je ferois
affez porté à croire que pour une
grande place dont le titulaire eft
l'arbitre du fort d'une nation , le
jugement eft plus sûr que le génie
même.

Il feroit à defirer , ce me femble , pour le bien de la chofe publique , qu'il y eût toujours beaucoup d'efprit chez les premiers
commis , beaucoup de jugement
chez les miniftres , pour que ceux-
ci puffent paffer au crible du bon
fens & de la raifon , les brillans
& nombreux produits de l'imagination & du génie des autres ;

& j'oserois assurer que tout iroit à merveille, si la tête des supérieurs pouvoit toujours être le correctif de celle des subalternes,

CHAPITRE VI.

De l'attachement pour les Chiens.

Je connois parfaitement, & res-
pecte on ne peut davantage, le
contrat social qui unit l'homme &
le chien ; je le crois presqu'aussi
ancien & plus religieusement observé que celui qui lie l'homme
& la femme. C'est de ce contrat
sans doute que découle le devoir
sacré que l'homme s'est imposé de
regarder toutes les injures faites à
son chien comme personnelles à
lui-même, & de défendre au pé-
ril de sa vie celle de l'animal,
que la nature paroît avoir créé
pour être son plus fidele compa-
gnon : c'est dans ce contrat qu'on
trouve le principe des préférences

que la femme marque à son chien
ou à sa chienne, sur tous les individus de sa propre espece. Tel
homme éluderoit par une plaisanterie adroite ou une saillie ingé-
nieuse, une affaire pour soutenir
l'honneur & la réputation de son
épouse, qui ne balanceroit pas un
instant de se battre au dernier sang
pour venger une insulte faite à
son chien : une femme qui ne donneroit pas une larme à la mort de
son mari ou de son fils, tués dans
une bataille, pleure amérement la
perte de sa petite chienne, crevée
d'une indigestion, & que tout l'art
& les soins de son médecin n'ont
pu sauver.

Pendant la guerre de 1744, un
homme allant faire visite à une dame de la cour du plus haut rang,
le jour même où l'on venoit de
recevoir l'avis d'une grande ac-
tion, la trouva tout éplorée, &

lui demanda en tremblant, si elle
avoit reçu quelque mauvaise nouvelle de M. le duc son mari, ou
de M. le prince son fils ? » Eh !
» mon Dieu ! non, lui dit-elle ,
» c'est ma petite Maltoise que je
» pleure. M. le duc & M. le prin-
» ce se portent bien , l'un & l'au-
» tre ; & quand ils auroient été
» tués , ils sont faits pour ça ; ils
» courent des hasards ; on s'at-
» tend à ces choses-là : mais on
» ne s'attend pas à perdre une
» pauvre petite bête , pour laquel-
» le on n'a rien négligé , & dont
» la conservation a coûté tant de
» soins «.

La race canine s'est assurément
distinguée dans tous les siecles ;
ses titres sont brillans, nombreux
& incontestables : plusieurs chiens
renommés comme ceux d'Ulysse
& d'Evandre , chantés par Homere
& par Virgile , l'ont illustrée dans

la fable & dans l'antiquité ; le chien
de Tobie dans l'ancienne loi, celui de S. Roch dans la nouvelle.
On a raconté dans tous les tems
des traits saillans & héroïques d'u-
ne foule d'autres chiens moins connus , parce qu'ils ont appartenu à
des maîtres moins célebres. Je suis
persuadé que, si cette espece avoit
pu parvenir à parler, même sans
savoir ce qu'elle dit , elle auroit
eu part aux grandes affaires , &
influé prodigieusement à la distribution des graces. J'ai connu un
client qui avoit capté la bienvéil-
lance & la protection d'une dame
d'un grand crédit, par des témoi-
gnages d'attachement & des atten-
tions marquées à propos à sa petite chienne.

J'ai toujours été grand amateur
des chiens. Je suis enchanté de la
fidélité reconnue de l'espece. Je
suis le plus sincere admirateur de

la beauté du danois , du courage
du dogue , de l'efprit du barbet ,
de la vélocité du lévrier , de la
finelle d'odorat du braque , de la
bizarre tournure du chien · loup ;
des fervices utiles du chien de
berger , du chien de boucherie ,
du chien de grange , même du
chien du jardinier. Je ne défap-
prouve pas que l'homme aime le
chien , le nourrille , le carelle ,
emploie toutes les voies raifonnables pour fa défenfe , le falle
guérir de fes infirmités : je ne fuis
pas fâché qu'un homme célebre
ait fait une immenfe fortune en
les traitant. Si je croyois même
qu'une académie & une école vé-
térinaire pût contribuer à prolon-
ger la vie & à maintenir la fanté
de ces utiles & eftimables animaux , j'en donnerois , tout - à-
l'heure , le plan le mieux raifon-
né ; & je briguerois pour leur il-

luftre médecin , la place de fecrétaire - perpétuel : elle feroſt plus
analogue à fon état , que le fief
noble qu'il a acheté du produit de
fes cures.

Enfin , j'aime de tout mon cœur,
& j'eſtime autant qu'il eſt poſſi-
ble , un chien qui eſt dans ſon
état ; mais je n'aime pas qu'on le
le tienne en laiſſe, ou qu'on l'en faſſe
fortir. Je vois , avec peine , que cet
animal , qui , de ſa nature , eſt
doux , honnête & d'un bon commerce , ſoit rendu , par l'orgueil ,
le faſte ou les complaiſances mal-
entendues de certains hommes ;
méchant , inſolent , dangereux , in-
commode ou dégoûtant pour les
autres ; & j'avoue ingénuement ,
que l'amour de l'homme marche
chez moi avant celui du chien.

Je ne m'ɔ... ſe pas de trouver
dans l'anti - chambre d'un grand
deux beaux danois , avec des col-

liers au nom & aux armes de leur
maître ; ils font partie de fon luxe
& de fon ameublement ; mais je
fuis courroucé, quand je vois ces
mêmes danois dans les rues, pré-
céder fon carroffe, fauter fur les
paffans pour les faire ranger, leur
caufer un effroi fubit qui peut prendre fur leur tempérament, déchirer ou tacher leurs habits, fouvent même les renverfer dans la
boue, & les expofer à être écra-
fés par la voiture.

J'apperçois fans aucune peine,
dans la cour d'un grand hôtel, un
dogue de mauvaife humeur, fe
promenant à pas lents & la tête
baffe ; c'eft une efpece d'enfeigne, qui annonce qu'un perfonnage confidérable occupe ce vafte
palais ; mais je fuis indigné, fi je
vois ce dogue mordre un miférable qui demande la charité, ou un
peu de nourriture, & qui fe feroit

contenté, non pas des reftes du
maître, mais de ceux du chien.

J'ai le plus grand plaifir, quand
je rencontre un barbet marchant
devant fon maître, & portant entre fes dents, pour l'éclairer, un
bâton au bout duquel pendent deux
petites lanternes; mais je donne
volontiers des coups de canne à ce
même barbet, fi je le furprends,
volant un gigot de mouton ou une
poularde à un pauvre rôtiffeur,
pour faire fouper un efcroc aux
dépens de cet honnête artifan.

Je fouffre de voir une jeune &
jolie femme, faire lit & appartement à part avec fon mari, &
partager fa couche avec un gros
vilain barbiche, que fon cul ton-
du & fa criniere pendante font
reffembler parfaitement à un lion,
& que fon effrayant afpect, fes
yeux chaffieux & la puanteur de
fon haleine, rendent on ne peut

pas plus dégoûtant. Je fuis encore
plus piqué, quand je vois, le lendemain, cette belle dame, rendre aux honnêtes gens qui vont
lui faire la cour, toutes les puces
que ce matin lui a données.

Je m'écarte, de vingt pas dans
la rue, d'un brétailleur que je
rencontre, fuivi d'un chien, parce que je fais qu'il ne le mene
avec lui que dans l'efpoir de fe
faire une querelle, & de pouvoir
tuer, avec une forte d'impunité,
& dans toutes les regles de fon
art meurtrier, un pauvre honnête-
homme qui aura eu le malheur de
heurter fon chien.

Je fuis vraiment fcandalifé,
quand je vois à table une grande
dame caufer la naufée à fes convives, en faifant manger mal pro-
prement fon épagneul ou fon do-
guin fur fon affiette, & lui fervir
un filet de chevreuil, une aile de

faifan , ou une carcaffe de géli-
notte , tandis qu'on chaffe de fa
porte le pauvre qui demande du pain.

J'avouerai auffi que je n'aime
point qu'on proftitue les noms des
grands hommes , en les donnant
à des chiens : je me mettrois volontiers en colere, quand j'entends
appeler un chien , Céfar ou Pompée. Les orientaux regardent cet
abus comme une profanation , &
ne donnent jamais à leurs chiens
que des noms tirés de leur couleur ou de leur forme : tous les
chiens noirs s'appellent *Arabe*,
tous les chiens blancs *Cotton* , ainfi
des autres. La conformité des noms
de quelques grands princes avec
ceux de nos faints, les a fauvés de
cet opprobre : on n'ofe pas appeller un chien Philippe, Alexandre , Conftantin , Charles , Pierre,
Louis.

Un fultan tartare , prince de
beaucoup

beaucoup d'efprit & très-aimable,
qui avoit voyagé long-tems en
Allemagne & en Pologne, avoit
deux lévriers favoris, dont il avoit
nommé l'un Georges, & l'autre
Martin. Un François qui étoit ai-
mé de ce prince, lui dit un jour
en-plaifantant, qu'il étoit fcandalifé de trouver deux de fes faints
dans fa meute. » Paffez-le-moi,
» lui répondit le fultan ; j'ai trou-
» vé dans les pays chrétiens tant
» de chiens appellés Mahomet,
» Muftapha & Soliman, que j'ai
» cru pouvoir me donner la dou-
» ceur de cette petite vengeance «.

La maniere de fe conduire des
Turcs envers les chiens eft mieux
vue & plus décente que la nôtre.
Le contrat focial exifte entr'eux,
comme par-tout ; mais ils ne lui
donnent pas tant d'extenfion : ils
entretiennent autant de chiens que
nous, les emploient aux mêmes

D

uſages , en tirent les mêmes ſervices , font de plus des fondations
publiques pour la nourriture & le
ſoulagement de ces animaux do-
meſtiques ; mais ils ne pouſſent
jamais envers eux la complaiſance
juſqu'à ſouffrir , ni faire ſouffrir
aux autres leur incommodité. Imi-
tons les muſulmans en ce point ;
la plupart des hommes ſont , en
vérité, aſſez vexés par leurs ſem-
blables , ſans qu'on doive encore
les livrer aux chiens.

CHAPITRE VII.

Des Chevaux.

Les Arabes étoient autrefois le seul peuple chez lequel les chevaux avoient leur généalogie. Le luftre de diverfes races de chevaux eft encore prouvé chez eux par les titres les plus authentiques, & ces animaux y font vendus plus ou moins cher, à raifon de l'éclat de leur naiffance. Il eft fingulier que cette nation qui ne connoît point la nobleffe des hommes, faffe tant de cas de celle des chevaux, ne conferve d'autres monumens de filiation que les leurs, & n'ait de parchemins que dans fes écuries.

Les Anglois ont vraifemblables

ment pris des Arabes cet ufage
de conflater, par des actes, l'origine des chevaux iffus de races
célebres , & de les vendre avec
leurs titres.

Depuis que l'hyppomanie angloife a paffé en France, & que
les courfes de chevaux & les ga-
geures énormes auxquelles elles
donnent lieu , ont commencé de
s'établir à Paris , comme elles le
font depuis long-tems à Londres,
on ne manque pas de donner la
généalogie des chevaux que l'on
met en vente. Au commencement
de cette année , il m'eft tombé
fous la main l'annonce d'un éncan
de jumens & d'éralon , provenans
du haras de S. A. S. Monfeigneur
le duc de Chartres. Je la rapporterai ici tout au long à caufe de fa
fingularité , & pour faire connoître au public les noms des courfiers fameux dont nous avons la
progéniture.

1. Une jument baie , âgée de six ans , fille de *Panglos* & d'une fille de *Swifs* , couverte par *Teucer*.

2. Une jument brune , fille de *Snap* & d'une fille de *Brillant* , âgée de sept ans , couverte par *King Pippin*.

3. Une jument brune , âgée de six ans , fille de *Dappe* & d'une fille de *Snap*, couverte par *Cadée*.

4. Une jument noire , âgée de sept ans , fille de *Careles* & d'une fille de *Babraham*. Elle a une pouliche à son côté , fille de *High Flyer* , & elle est recouverte par *High Flyer*, lequel étalon actuellement couvre à quinze louis chaque jument.

5. Une jument alézane , âgée de six ans , fille de *Denmark* & d'une fille de *Little Partner*.

6. Une jument baie , âgée de six ans , fille de *Jacko* & d'une

fille de *Régulus*. Elle a un poulain à son côté, fils de *Pyrois*, & elle est couverte par *Cadée*.

7. Une jument alézane, âgée de six ans, fille de *Charsworth* & de *Maria*, fille de *Northumberland*. Elle est couverte par *Cadée*.

8. Une jument baie, âgée de quatre ans, fille de *Juniper* & d'une fille de *Blank*. Elle est couverte par *King Pippin*.

9. Une jument baie, âgée de quatre ans, fille de *Pyrois* & d'une fille de *Matckem*. Elle est couverte par *Glow Worm*.

10. *Marianne*, jument baie, couverte par *Teucer*.

11. Une jument grise, couverte par *Teucer*.

12. Une jument baie, couverte par *Mylord*.

13. Une jument alézane, âgée de quatre ans, couverte par *Chassont*.

14. Un étalon, fils de *Matckem* :
il a déjà couvert, & a été ci-
devant un fameux courfier.

J'obferve que dans le nombre
de ces jumens, les neuf premieres
font demoifelles de bonnes maifons, qui ont leurs preuves de
pere & de mere ; la dixieme, la
onzieme & la douzieme font des
roturieres qui ne doivent leur nobleffe qu'à leurs maris ; & la trei-
zieme ainfi que l'étalon, fortent
de peres illuftres, mais dont on
n'a pas cité les meres, parce qu'ap-
paremment leurs peres s'étoient
méfalliés. J'obferve avec plaifir
auffi dans cette annonce, le tarif
des faveurs du fameux étalon *High
Flyer*, dont le prix eft de quinze
louis. J'ai connu des étalons d'une
autre efpece beaucoup moins célebres que *High Flyer*, & qui faifoient payer les leurs beaucoup
plus cher, J'obferve enfin que la

D iv

nobleffe de toutes ces dames jumens ne remonte que jufqu'à l'aïeul
maternel, & qu'il n'y a qu'un
poulain & une pouliche qui fe
trouvent à la quatrieme génération : mais comme nous avons
coutume de renchérir toujours infiniment fur les ufages que nous
adoptons des nations étrangeres,
j'efpere que bientôt on exigera des
courfiers mâles & femelles qui
voudront difputer le prix de la
courfe, les mêmes preuves auxquelles on affujettit férieufement
les hommes pour jouir des plus
importantes prérogatives, qu'on
crééra de nouveaux offices de généalogiftes, & alors le titre de
généalogifte de la maifon & écuries des princes, que prennent plufieurs de ces meffieurs, deviendra
plus raifonnable & plus analogue
à leurs fonctions.

Je ne fais, au refte, fi l'on

doit se fier entiérement aux preuves qui constatent la noblesse des
chevaux, & ajouter une foi aveugle aux pieces de leur généalogie :
ne peut-il pas y avoir des titres
faux, ou des chevaux qui dégé-
nérent comme les hommes ? Encore n'auroit-on rien à dire, si,
comme les Arabes, on prenoit
les précautions nécessaires pour
constater leur origine. Ils distin-
guent les races par des noms différens, & ils en font trois clas-
ses. La premiere est celle des chevaux nobles & de race pure &
ancienne des deux côtés ; la se-
conde est celle des chevaux de
race ancienne, mais qui se font
mésalliés, & la troisieme est celle
des chevaux communs ; ceux-ci se
vendent à bas prix ; les Arabes ne
font jamais couvrir les jumens de
la premiere classe noble, que par
des étalons de la premiere qualité.

D v

Quand ils n'ont pas des étalons nobles , ils en empruntent chez leurs voifins , moyennant quelque argent, pour faire faillir leurs jumens , ce qui fe fait en préfence de témoins , qui en donnent une atteftation fignée , & fcellée par-devant le fecrétaire de l'Emir , ou quelqu'autre perfonne publique , & dans cette atteftation le nom du cheval & de la jument eft cité , & toute leur génération expofée. Lorfque la jument a pouliné, on appelle encore des témoins , l'on donne une autre atteftation dans laquelle on fait la defcription du poulain qui vient de naître , & l'on marque le jour de fa naiffance. Ces billets donnent le prix aux che-vaux , & on les remet à ceux qui les achetent , & qui les gardent précieufement , comme des titres qui conftatent leur nobleffe. On les enferme avec le plus grand foin dans un caſſette qu'on ne manque pas de faire porter , quand on veut s'en défaire. Malgré toutes ces précautions, encore peut-on être trompé , ainſi qu'on l'eſt parmi les hommes, qui ſouvent produiſent des titres de nobleſſe qu'on argue de faux. On voit tous les jours aux courſes les parieurs perdre de groſſes ſommes pour avoir eu trop bonne opinion d'une illuſtre roſſe.

Pourquoi ſe donne-t-on tant de peine , prend-on tant de ſoins pour avoir de beaux chevaux , & ſi peu pour avoir de beaux hommes ? L'eſpece humaine mérite-t-elle moins d'attention que l'eſpece équine ? On ne lâche dans les haras que des étalons beaux , ſains & robuſtes , tandis qu'on permet les mariages de tous les magots & de tous les infirmes , hommes & femmes. Comment les gens qui tiennent les rênes du gouvernement , ne font - ils pas frappés de rencontrer à chaque pas dans Paris des nains , des boffus , des boiteux , des bancroches & des culs-de-jatte ? Comment voient-ils de fang-froid la nation fe dégrader , & permettent-ils aux citoyens incommodés de procréer des races hideufes & cacochymes , qu'une conformation hétéroclite , toujours accompagnée d'une mauvaife conftitution , rend incapables de fervir l'état ?

La religion , les mœurs & l'humanité ne permettent pas d'ufer de moyens barbares ou fcandaleux. On ne peut pas autorifer des étalons de profeffion comme *High Flyer* pour la réformation de l'efpece ; on ne peut pas non plus adopter l'ufage cruel que Lycurgue avoit établi à Lacédémone , de jetter dans la caverne du mont

Taygette les enfans mal confti-
tués. Je fuis trop bon citoyen &
trop ami des hommes pour mettre en avant des propofitions auffi
révoltantes. Mais il me femble que,
fans bleffer les loix divines & hu-
maines, de fages réglemens qui
défendroient les mariages phyfi-
quement mal affortis, embelli-
roient & fortifieroient en peu de
tems la nation, & donneroient à
l'état des citoyens mieux confi-
gurés, plus fains, plus vigoureux
& plus longeves. On devroit faire
plus d'attention à la trop grande
difproportion d'âge toujours nuifible dans les mariages au phyfique
& au moral. Une conformation
irréguliere, une maladie chroni-
que, une infirmité habituelle, devroient être des empêchemens di-
rimans pour les deux fexes. Des
infpecteurs établis par le gouvernement, devroient enfin interdire

le mariage à toutes perfonnes dont l'enfemble feroit défectueux , & qui auroient le malheur d'être affligées de quelqu'incommodité externe ou interne. L'accouplement de la jeuneffe avec la vieilleffe , de la laideur avec la beauté , de la difformité avec la régularité , de la fanté avec la maladie , ne peut qu'altérer la configuration & la conftitution de l'efpece , abréger la vie des hommes , perpétuer & multiplier les vices qui réfultent de la mauvaife conformation , & mettre au monde des citoyens fouffrans , à charge aux autres & à eux - mêmes , & néceffairement malheureux.

CHAPITRE VIII.

Du Mesmérisme.

Depuis Moyse jusqu'à Mesmer, tous les hommes qui ont voulu éclairer leurs semblables, ont rencontré la même indocilité. Il semble que l'espece humaine a une répugnance invincible pour l'instruction : les nouvelles idées l'effarouchent ; elle récalcitre contre tout ce qui paroît heurter ses anciens principes, quoiqu'erronés & pervers ; une longue expérience peut seule la convertir : il n'y a que les réformateurs qui ont pu faire adopter leur doctrine, le sabre à la main, qui sont parvenus à se faire écouter plus promptement. Il y a peu de siecles qu'on croyoit en-

core au merveilleux ; mais on en
attribuoit la caufe à la magie &
aux fortileges , & on brûloit communément les particuliers qui s'a-
vifoient de faire des chofes que
les autres ne comprenoient pas :
aujourd'hui qu'on n'y croit plus ,
on met tous les faits merveilleux
fur le compte de la charlatane-
rie ; on les regarde comme des
tours de paffe · paffe & de gobe-
lets ; mais on a heureufement com-
mué la peine de mort en celle du
ridicule, ce qui eft un moindre mal.

Mefmer , Allemand de nation ,
médecin habile , homme de génie ,
découvre la circulation & les effets d'un fluide magnétique dans
les animaux : il imagine de faire
fervir ce fluide à la médecine ; il
réuffit dans un grand nombre d'ex-
périences , & publie fa découverte ; il eft perfécuté par le médecin de l'impératrice & par toute

la faculté de Vienne ; on nie la
réalité de ſes cures , on le fait
paſſer pour un impoſteur : il vient
en France porter une lumiere que
ſa patrie n'a pas voulu recevoir ;
& il a bien de la peine à deſſiller
les yeux des François : il guérit
tous les jours les vapeurs , les
obſtruĉtions , la migraine , le rhu-
matiſme , la ſciatique , la goutte ,
la ſurdité , la cécité , la paralyſie,
même les fievres aiguës & chroniques , ſans pouvoir encore per-
ſuader le public de l'efficacité de
ſon remede ; & l'on n'a guere vu
encore aller chez lui que les déſeſ-
pérés qui avoient tenté inutilement
tous les ſecours de la médecine
vulgaire. La faculté de Paris s'eſt
ſoulevée contre lui comme celle
de Vienne , a crié à la charlata-
nerie , à l'impoſture , au preſtige.
Vainement un médecin célebre ,
attaché à un de nos princes , &

qui joint à une vaste étendue de connoissances, la probité & la bonne-foi, s'est rendu à l'évidence, a pris le parti de Mesmer; a publié un ouvrage dans lequel il donne au public un détail très-circonstancié d'un grand nombre de cures de divers genres dont il a été témoin, & qu'il a suivies avec la plus grande attention : cet acte de justice & d'honnêteté n'a pas accrédité Mesmer, & a fait rayer son défenseur du tableau des médecins ; ils ont éprouvé l'un & l'autre, les funestes effets du despotisme des corps dans tous les états. Le corps des écrivains publics de Constantinople a eu assez de pouvoir pour arrêter dans l'empire ottoman les progrès de l'imprimerie qui seule pouvoit illuminer les Turcs, & les tirer de l'ignorance dans laquelle ils croupissent depuis tant de siecles.

J'ai été magiquement guéri par
Mefmer, d'une fciatique très-in-
vétérée, de laquelle j'avois de fré-
quens & longs paroxyfmes ; & cela
par un feul frottement de fa main
fur la partie fouffrante. J'arrivai
chez lui dans le fort de la douleur : elle ceffa fubitement dès
qu'il m'eût touché ; c'étoit en
1779. Nous voici en 1782, je n'en
ai plus eu le plus léger reffenti-
ment. Une petite tenfion que j'a-
vois toujours dans la partie affli-
gée, quand je n'étois pas dans
l'état de douleur, s'eft même entiérement diffipée ; & j'ai actuellement la cuiffe malade auffi libre
que l'autre. Bien des gens n'ont-
ils pas entrepris de me perfuader
à moi-même que je n'étois pas guéri, ou qu'une guérifon fi prompte,
fi fubite, fi radicale, & opérée
en moins d'une minute, devoit
être attribuée au changement de

climat, à la diverſité de régime, ou à d'autres cauſes qui ne m'é-toient peut-être pas connues, plu-tôt qu'à l'attouchement magnétique de Meſmer ?

Il faut convenir que dans le ſiecle où l'on a commencé de con-noître le pouvoir du fluide élec-trique, & une partie des prodi-ges qu'il opere, il eſt bien éton-nant qu'on s'obſtine à nier le pou-voir & l'activité du fluide Meſ-mérien ; & quand même celui cí ne ſeroit autre choſe que le fluide magnétique, pourquoi vouloir ab-ſolument le circonſcrire dans le cer-cle de la bouſſole, & ne vouloir pas croire qu'il puiſſe être bon à autre choſe qu'à la navigation ? Il eſt bien plus étonnant encore qu'un gouvernement auſſi ſage & auſſi éclairé que le nôtre, balance d'ac-corder à cet homme ſingulier qui le premier a fait ſervir ce fluide

quelconque à la confervation de la
vie & de la fanté , des avantages
capables de le fixer dans le royaume , & de faire jouir les citoyens
du fruit d'une fi importante découverte. Il femble que l'on met en
queftion , fi l'intérêt des médecins
ne doit pas prévaloir fur celui des
malades ; & fi l humanité ne doit
pas être facrifiée à la faculté.

CHAPITRE IX.

Des Amufemens.

Pibrac a dit dans un de fes meilleurs quatrains :

N'aille au banquet, qui ne voudra manger;
N'aille au ballet qui n'aimera la danfe, &c.

Si Pibrac reffufcitoit aujourd'hui,
il trouveroit à Paris fon quatrain
démenti par le goût du moment :
il y verroit des foupers, compofés
de convives qui ne foupent point,
& des banquets, où un homme
qui ne veut point manger eft fort
à fon aife ; il y verroit des ballets
où l'on ne danfe point, & où l'homme qui n'aime point la danfe, même
celui qui la détefte, peuvent aller
en toute sûreté,

J'ai déjà parlé des foupers des gens en diete : il faut que je dife un mot du bal de l'opéra , où l'on ne trouve plus l'apparence de danfe.

Cet amufement a été vraifem-blablement inftitué dans fon prin-cipe pour les amateurs de cet exer-cice : en effet, on y a danfé conf-tamment & fans interruption pen-dant toute la nuit , depuis fa fon-dation jufqu'à ces derniers tems. Tous les danfeurs , bons & mau-vais , y trouvoient à fe fatisfaire : les bons alloient pour leurs fix francs étaler leurs graces , & fe fai-re admirer ; les mauvais achetoient au même prix le droit d'outrager impunément la cadence , de dé-concerter leurs dames dans les me-nuets, & de jetter la confufion dans les contredanfes où ils s'étoient im-mifcés. Les intrigues , les amou-rettes , les rendez-vous , les ren-

contres, les découvertes, les trou-
vailles, les caſſades n'alloient pas
moins leur train ; & tout le monde s'en alloit content. Depuis quelques années on a entiérement ſup-
primé la danſe du bal de l'opéra ;
& cette aſſemblée n'eſt plus qu'un
concours tumultueux, dans lequel
on ſe pouſſe, on ſe coudoie, on
ſe marche ſur les pieds, on s'é-
touffe : c'eſt une maniere de Bour-
ſe, où l'on ne fait plus que le
trafic de galanterie, de débauché
& de méchanceté. Les individus
y ſont diviſés en acteurs & ſpecta-
teurs : les acteurs font & renou-
vellent des connoiſſances, forment
des liaiſons, cimentent des intrigues, concluent des marchés, donnent des caſſades ; les déclarations
dans les affaires de cœur, les of-
fres pour les entretiens qui doivent avoir quelque ſuite, les ar-
rangemens pour les rencontres paſ-

ſageres

fageres & momentanées, les niches & les malices réciproques y forment leurs occupations : les spectateurs fe promenent, regardent, obfervent, examinent, s'ennuyent, bâillent, & finiffent par s'aller coucher, ou par s'endormir fur un banc ou dans une loge. Les malheureux amateurs de la danfe, ces joyeux citoyens, ces hommes heureufement nés, qui aimoient la danfe pour elle-même, qui facrifioient fix francs à l'achat d'un billet, & autant au loyer d'un domino, dans l'efpoir de tripudier toute la nuit, depuis l'ouverture jufqu'à la clôture du bal ; ces hommes ne s'y montrent plus ; il vont chercher cet amufement dans les endroits où il a été rélégué, & fouvent ont bien de la peine à le trouver en bonne compagnie.

Autrefois, la danfe étoit l'expreffion de la joie : les hommes

E

& les femmes de tout âge danſoient
avec grand plaiſir. On ne pouvoit
guere ſe diſpenſer dans un bal,
de couler, bien ou mal, ſon menuet ; il falloit avoir au moins
ſoixante ans, pour réclamer le
droit de ne faire que la révérence.
Dans les contredanſes, pourvu
qu'on fût au courant de la figure,
& qu'on n'y mît point le déſor-
dre, on étoit au pair de tout le
monde ; on épiloguoit peu ſur les
pas ; un ſimple balancé fait en
cadences, ſuffiſoit pour danſer ron-
dement dans les contredanſes an-
gloiſes. Aujourd'hui, on ne danſe
plus guere qu'aux bals parés, dans
les grandes occaſions. La danſe qui
n'étoit qu'un amuſement, eſt de-
venue un art infiniment difficile :
on danſe très-peu en ſociété, parce
qu'il faut être en état de figurer avec
quelque diſtinction, pour oſer ſe
mettre en évidence. Il y a pluſieurs

années qu'on a ceffé de danfer pour fe réjouir ; & qu'on a commencé de danfer pour être applaudi.

On a d'abord voulu que la danfe fût fentimentale ; on y exigeoit le développement des graces & l'expreffion du fentiment : j'ai connu des enthoufiaftes qui auroient entrepris de traduire Clariffe & Stéphanie, en coulés, en balancés, en pas de fi-fol & de rigodon. Les amateurs qui ne fe fentoient pas doués de cette éloquence des jambes & des bras, n'ofoient pas fe préfenter ; & l'on a en effet, infenfiblement renoncé au menuet ; parce qu'on l'a regardé comme une danfe fi noble & fi importante, qu'on eft convenu unanimement que perfonne ne pouvoit le danfer dans fa perfection.

Depuis un an ou deux, on a pris le goût des danfes fortes & élevées : les jettés battus, les brifés fimples & doubles, les ailes de pigeon & les entrechats font venus à la mode ; & la danfe eft encore interdite aux amateurs qui n'ont pas le degré d'élafticité néceffaire pour y figurer honorablement. Pour peu que ce goût augmente, la danfe deviendra un affemblage de tours de force, qu'on fera obligé d'abandonner aux danfeurs de corde & aux fauteurs.

Les bals d'enfans ont infiniment contribué à faire perdre le goût de la danfe. On enfeigne de très-bonne heure à danfer aux enfans ; c'eft un des principaux objets de l'éducation moderne : des enfans de fix ans danfent à ravir. Les méres donnent fréquemment des bals où elles raffemblent les petits garçons & les petites filles de leurs amies & de leur voifinage ; ces petites marionettes danfent avec tant de grace, de précifion & de légéreté, qu'elles font honte aux grandes perfonnes qui n'ofent plus entrer en lice : auffi, lorfqu'on propofe aujourd'hui à un homme ou à une femme de vingt ans de danfer , ils ne manquent pas de s'excufer fur leur grand âge.

Quand reviendra ce tems heureux où l'on rira, où l'on chantera, où l'on boira, où l'on danfera en rond , & où la danfe ne fera plus que ce qu'elle doit être, le mouvement & l'expreffion de la gaieté & de l'allégreffe ?

CHAPITRE X.

Le Jeune Homme ruiné.

(*a*)Damon étoit né dans une bonne ville de province, d'une famille honorable & vivant dans l'aisance. Il avoit reçu de la nature un cœur droit, une ame honnête. Ses parens lui avoient donné une bonne éducation, & son es-

---

(*a*) Je serois bien fâché qu'on pensât que j'ai voulu peindre dans cet ouvrage les habitans de Paris de tous les ordres, sans aucune exception, & attaquer en masse toute la société. Si les vices fourmillent dans cette immense capitale, les vertus s'y montrent aussi quelquefois dans tout leur éclat. J'ai accumulé sur un même homme tous les événemens, malheureusement trop communs, que

prit étoit orné par de paffables études. Il lifoit les papiers publics avec avidité, & trouvoit dans toutes les gazettes & les journaux de Paris, un article concernant les traits d'humanité & de bienfaifance. Cette lecture lui infpira le plus ardent defir de voir cette ville célebre, qu'il regardoit comme le centre des vertus les plus épurées, les plus capables de relever l'état de l'homme, & qu'il croyoit fermement être habitée par un peuple de freres.

───────────────

plufieurs particuliers y éprouvent tous les jours. Mon intention a été de donner aux jeunes gens qui entrent dans le monde, le tableau des nombreufes viciffitudes auxquelles ils font expofés dans ce dangereux tourbillon, & les mettre en garde contre les écueils que l'on rencontre dans cette mer orageufe, & fur lefquels la bonne-foi & l'inexpérience peuvent aifément naufrager.

E iv

Son pere mourut bientôt, &
le laiffa héritier d'une fortune qui
auroit pu le faire vivre heureux
& eftimé chez lui ; mais il brûloit du defir d'aller admirer l'humanité , la bienfaifance & toutes
les autres éminentes vertus qui regnent dans cette capitale , bien fu-
périeures aux vertus de province.
Il arrangea , le plutôt qu'il put ,
toutes fes affaires , prit des lettres
de change de fon banquier , des
lettres de recommandation de fes
parens & de fes amis , & fe mit
en route. Il fut reçu à Paris par
toutes les perfonnes auxquelles il
étoit recommandé , avec cette po-
liteffe , cette aménité , ces marques extérieures d'empreffement
qu'on y prodigue aux étrangers ,
avec ces graces, ce ftyle, cet art
trompeur de dire tout ce qu'on
ne fent pas, qu'on ne trouve nulle
autre part dans le monde. Damon

fut accablé de dîners, de foupers ;
on le mena à tous les fpectacles :
toutes les perfonnes de fa connoiffance qui avoient des maifons de
campagne, y lierent des parties
exprès pour lui. Il paffa trois ou
quatre mois dans une forte d'ivref-
fe qui lui fit prendre la ferme réfolution de renoncer à jamais à fa
province, & de fe fixer dans ce
féjour enchanteur, dont tous les
éloges qu'il avoit lus lui paroif-
foient foibles & infiniment au def-
fous de la vérité. Il retourna chez
lui, vendit tous fes biens, ra-
maffa tout fon avoir, & revint
à Paris avec toute fa fortune, dans
l'intention d'y finir fes jours. Il fe
fit meubler un appartement, prit
un équipage, monta un ordinaire, acheta une terre en Normandie, une petite maifon charmante
aux environs de Paris, mit le refte
de fon argent en viager dans un

E v

emprunt que le contrôleur-géné-
ral formoit dans ce moment-là ,
& se jeta à corps perdu dans le
tourbillon du grand monde, pour
y vivre avec ces êtres humains ,
bienfaisans , vertueux , dont il avoit
lu si souvent les louanges dans les
gazettes & les journaux.

Damon avoit une belle figure ,
de l'esprit , des talens agréables ;
il faisoit de la dépense , & passoit
pour beaucoup plus riche qu'il n'é-
toit effectivement. Une dame de la
cour jeta un dévolu sur lui , &
n'eut pas de peine à lui inspirer
la plus violente passion, en jouant
la vertu , le sentiment & la délicatesse. Quelque tems après être
entrée avec lui en intrigue réglée ,
elle se montre un jour à lui toute
éplorée , lui dit qu'elle s'est oubliée au sallon de Marly , qu'elle
a fait une perte de 50000 francs
sur sa parole ; que pour les payer

elle a été forcée de mettre ses
diamans en gage, & qu'elle est
perdue si son mari vient à en être
instruit. Damon n'a rien de plus
pressé que de lui offrir de la tirer
de ce mauvais pas ; il court aux
emprunts, lâche des lettres de
change, apporte la somme, &
croiroit se déshonorer d'en demander un billet, persuadé qu'une personne si humaine, ne le laissera pas
dans l'embarras aux échéances. Cependant les termes approchent ; il
faut se mettre en état de payer
pour éviter la contrainte par corps.
Il demande la somme prêtée ; la
dame nie la dette, l'accuse d'avoir
eu l'infamie de lui avoir fait un
présent fatal, le traite indigne-
ment, & le fait mettre à la porte
par ses domestiques. Ce malheureux qui avoit apperçu, depuis
quelques jours, des symptômes
de l'incommodité qu'elle lui repro-

E vj

choit, mais qu'il tenoit d'elle, fans avoir ofé s'en plaindre, ni même fe le perfuader, retourne chez lui, le défefpoir dans l'ame d'avoir perdu fa maîtreffe, fa fan- té & fon argent. Il donne des dé- légations à fes créanciers fur le fermier de fa terre, fur fon via- ger, retire fes lettres de change, & court le lendemain chez un grand feigneur avec lequel il vi- voit dans la plus étroite liaifon, lui conter fon aventure fous le fceau du fecret. » Eh bien, mon » ami, lui dit le feigneur, ce n'eft » rien que cela : tu ne connoiffois » pas nos femmes ; il eft bon que » cette leçon t'apprenne à les con- » noître : tu es riche, tu paieras ; » mais je fuis fâché de te voir ma- » lade, il faut te faire guérir : je » te mettrai dans les mains d'un » homme admirable qui te réta- » blira en peu de tems «. Il lui

envoie le lendemain fon chirurgien
qui l'entreprend, le manque, prétend l'avoir radicalement guéri,
& lui demande cent louis pour la
cure. Il s'en plaint au feigneur,
fon ami, qui lui dit d'un ton
goguenard : » Fi donc ! tu fais le
» provincial ; c'eft un prix fait :
» veux-tu te déshonorer « ? Damon ne replique pas, & paie,
tout étonné que, dans le pays de
l'humanité & de la bienfaifance,
les artiftes de premiere néceffité
aient le droit de taxer ainfi arbi-
trairement leurs pratiques, fans
qu'on puiffe honnêtement réclamer contre ce genre d'oppreffion.
Le feigneur, ami de Damon, étoit
depuis long - tems éperdument
amoureux de la dame qui l'avoit
fi fort maltraité ; il faifit cette oc-
cafion de fe faire un mérite auprès
d'elle, va lui rendre, avec l'air de
l'amitié & de l'intérêt, toutes les

confidences que Damon lui avoit
faites : cette femme transportée de
rage, se déchaîne contre Damon,
le décrie par tout, se ligue avec
le seigneur pour lui susciter chez
toutes ses connoissances, les plus
horribles tracasseries, & lui fait
fermer la porte de toutes les grandes maisons où il avoit accès.

Damon, consterné de cette tra-
hison, dit en lui-même : » Mais
» aussi suis-je bien bête de vouloir
» trouver l'humanité, la bienfai-
» sance, la candeur chez les gens
» de cour qui vivent dans le sein
» de la corruption ! c'est dans le
» moyen état sans doute qu'il faut
» chercher toutes ces vertus dont
» j'ai lu tant de traits dans les ga-
» zettes & les journaux «. Il prend
la ferme résolution de vivre à l'a-
venir avec la bourgeoisie, & se
fait présenter dans la maison d'un
riche marchand d'étoffes de la rue

Saint-Honoré : il y eſt accueilli avec cet empreſſement & ces avances que les gens de cet ordre ne manquent jamais de marquer à un homme d'un état plus élevé , qui eſt aimable , qui a quelque célébrité , qui daigne deſcendre juſqu'à eux , & témoigner que leur ſociété lui eſt agréable. Il trouve chez ce marchand une maiſon bien étoffée , une femme & trois demoiſelles aimables , une ſociété compoſée d'une parenté nombreuſe & de quelques amis , le frere employé aux fermes , l'oncle procureur au parlement , le couſin bijoutier , le beau-frere chirurgien , nombre de ſœurs & belles-ſœurs , de tantes & de couſines , parmi leſquelles il y a pluſieurs perſonnes on ne peut pas plus aimables ; dimanches & fête , un bon dîner & un meilleur ſouper ; des promenades en fiacre aux Bous

levards, aux Champs-Elifées, au
bois de Boulogne & dans tous les
endroits agréables des environs de
Paris ; de tems en tems des parties de grands & petits fpeⅽtacles,
de petits bals charmans dans le
carnaval & à la campagne : il s'attache à une de ces bourgeoifes qui
a l'air de la naïveté & de la bon-
hommie & qui prend du goût pour
lui. Il mene pendant quelque tems
dans cette fociété bourgeoife la
vie du monde la plus douce, ou-
blie tous les dégoûts qu'il a éprouvés dans le grand monde, & ne
doute pas de trouver enfin dans
cet ordre de citoyens toutes les
vertus annoncées par les gazettes
& les journaux. Au bout d'un certain tems, il a befoin de renouveller fa garde-robe ; il en parle,
comme de raifon, au marchand
d'étoffes, dans la maifon duquel
il paffoit fa vie ; celui-ci lui offre

fon magafin ; il s'y fournit , &
lorfqu'on lui donne fon compte ,
il fe trouve altéré de moitié. Il a
befoin d'une tabatiere d'or, & s'a-
dreffe naturellement au coufin bijoutier qui , en faveur de l'intime
liaifon , lui vend pour neuf un
bijou de hafard , & lui furfait la
façon des deux tiers. Un ancien
ennemi de fa famille lui intente
un procès : il croit ne pouvoir
mieux faire que de remettre fon
doffier à l'oncle procureur , qui
lui promet de lui en rendre bon
compte , fe laiffe corrompre par
fa partie adverfe , lui fait perdre
fon procès avec dépens , & lui
préfente un compte de vingt mille
francs de frais pour un procès perdu , dont le fonds n'excede pas
quatre mille livres. Il demande ,
comme cela fe pratique , que ce
compte foit réglé par des experts ,
qui le réduifent , par accommode-

ment, à quinze mille livres. Dans
cet intervalle, il apprend que fa
maîtreffe bourgeoife eft en commerce réglé avec un jeune abbé,
qui fournit à toutes les dépenfes
fuperflues auxquelles le mari fe
refufe : tout cela donne de l'humeur à Damon ; il ne peut s'empêcher d'en témoigner fur - tout
beaucoup à fon rival. La femme
s'en apperçoit, fe voit forcée pour
éviter un éclat, de facrifier un de
fes deux amans, & fe décide à
garder l'abbé. Damon vient le di-
manche fuivant, à fon accoutu-
mée, demander à dîner ; on lui
fait refufer la porte.

Stupéfait de ce qui lui arrive,
» ces bourgeois, dit-il en lui-
» même, ne valent guere mieux
» que les gens de cour. Cepen-
» dant, les gazettes & les jour-
» naux ne fauroient mentir ; il
» faut que l'humanité, la bienfai-

» fance, & toutes les autres vertus
» qui y font fi vantées, exiftent
» quelque part : oh ! c'eft certai-
» nement dans le bas peuple qu'il
» faut les chercher ; elles doivent
» reguer fans aucun doute chez
» ces hommes fimples, que la fu-
» mée des grandeurs n'a jamais
» enivrés, qui n'ont jamais été in-
» fectés du poifon des richeffes,
» & qui ont confervé toute la pu-
» reté des mœurs primitives des
» bons Parifiens «. Il faifoit fon
chemin, occupé de ces réflexions,
lorfque tout-à-coup, un charretier
qui étoit devant lui, en relevant
fon fouet, le touche au vifage.
» Prenez donc garde à ce que vous
» faites «, lui dit Damon ! Le charretier fe retourne, & lui répond :
» chien de mâtin, eft-ce que j'ai
» des yeux au derriere « ? Damon, révolté de cette groffiere-
té, lui replique avec emportement ;

& le charretier lui donne cinq à six coups de son fouet à travers le visage. Damon, transporté de colere, tire son épée pour châtier ce coquin, & a le malheur de le blesser au bras ; le sang coule ; la populace s'attroupe, prend parti pour le blessé, maltraite horriblement Damon : on appelle la garde ; on le met dans un fiacre, & on le conduit chez le commissaire, suivi du blessé & d'une foule de ces bons Parisiens, prête à rendre le témoignage le plus inique & le plus partial. Le charretier se trouve être l'oncle de la cuisiniere du commissaire, qui verbalise tout de suite, reçoit les dépositions, charge horriblement Damon dans son verbal, & parle de le faire transférer aux prisons du Châtelet ; mais il lui fait proposer, à l'oreille, un accommodement : Damon comprend que c'est le meilleur par-

ti qu'il ait à prendre ; il s'exécute , & facrifie une groffe fomme
pour fe débarraffer des bons Parifiens , du charretier , de la cuifi-
niere & du commiffaire.

Toutes ces aventures multipliées
lui donnerent tant de dégoût pour
le monde , qu'il prit la réfolution
de vivre feul. Pour fe confoler
cependant de la perte de la femme
de qualité & de la bourgeoife ,
qui lui tenoient encore au cœur ,
il prit pour gouvernante une jeune
& jolie campagnarde , bien fimple , bien innocente , bien docile ,
& travailla à fe l'attacher. » Quand
» les dettes que j'ai contractées ,
» difoit-il, pour cette maudite fem-
» me de la cour , feront liquidées ,
» je demeurerai avec un revenu
» très - honnête : je vivrai retiré
» en philofophe , & je coulerai
» des jours heureux «. Etant un
jour à fa fenêtre, il entend crier

dans la rue une déclaration du roi ,
il se la fait apporter , & voit que
Sa Majesté , pressée par des be-
soins d'état , suspendoit le paiement des intérêts de l'emprunt viager dans lequel il avoit placé ses
fonds , & lui enlevoit par conséquent la plus grande partie de son
revenu. » Oh ! pour le coup , s'é-
» cria-t-il , j'ai parcouru à Paris
» presque tous les états , depuis le
» charretier qui m'a rossé , jus-
» qu'au monarque qui me dépouil-
» le , & je puis dire que je n'ai
» encore rencontré nulle part cette
» humanité & cette bienfaisance
» dont chaque gazette & chaque
» journal ne manquent pas cepen-
» dant de nous rapporter quelque
» trait «. Il gémit pendant quelques jours de son malheureux sort ,
& finit par se venger , comme
font les François , par une satyre
mordante contre le ministre des
finances.

Damon s'ennuie bientôt de la
vie folitaire à laquelle il s'étoit
réduit : il réfléchit qu'il lui refte
encore à Paris une efpece d'hommes à éprouver ; ce font les gens
de lettres. » Les lettres , dit-il ,
» adouciffent les mœurs , répan-
» dent de l'aménité dans le carac-
» tere : c'eft fans doute chez les
» hommes qui les cultivent , que
» je découvrirai enfin cette huma-
» nité , cette bienfaifance que je
» cherche en vain depuis fi long-
» tems ; je veux tâter du com-
» merce des lettrés «. Et il travaille à fe faufiler dans la haute
littérature. Il voit d'abord tout les
académiciens , tous les favans , tous
les auteurs , brouillés à coûteaux
tirés , fe déchirant impitoyablement les uns les autres , verbalé-
ment & par écrits : il commence
de foupçonner que ces gens - ci
pourroient bien n'être pas meilleurs

que les autres; il veut cependant les connoître plus particuliérement: il cimente des liaisons plus étroites avec un d'entr'eux, & lui communique une collection de diverses pieces fugitives qu'il avoit composées en différentes occasions. Deux mois après, il trouve chez un libraire du palais royal, son recueil imprimé sous le nom de l'homme de lettres auquel il l'a confié. Un autre lettré auquel il lit confidemment sa satyre contre un homme en place, se trouve être son pensionnaire, & n'a rien de plus preflé que d'aller dénoncer Damon à son patron, qui tout de fuite obtient un ordre contre lui, & le fait enfermer. » Hélas! » s'écrie Damon, il faut donc re- » noncer à trouver dans cette ville » l'humanité & la bienfaisance que » j'y cherche sans cesse sur la foi » des gazettes & des journaux ? » Mais

» Mais non ; quand je fortirai d'ici,
» c'eft chez ma chere , mon in-
» nocente gouvernante que j'au-
» rai la confolation d'appercevoir
» le développement ingénu & naïf
» de toutes ces vertus Cette pau-
» vre créature , qui m'eft fi atta-
» chée , fuffira feule pour me faire
» oublier tous les revers que j'ai
» éprouvés «. Après quelques mois
de captivité, la liberté lui eft ren-
due : il court chez lui ; il trouve
fon appartement occupé par un
autre locataire , & cherche inutilement par-tout fa douce , fon innocente , fa bénigne gouvernante
qui lui a vendu tous fes meubles ,
toutes fes hardes , lui a emporté
fes bijoux , fon argent , & a paffé,
avec fon fidele laquais , en pays
étranger.

Pénétré de douleur & forcé de
recourir aux emprunts pour fe re-
monter tant bien que mal, Damon

F

va trouver un financier, avec lequel il étoit lié de la plus étroite amitié, & le prie de lui prêter la somme dont il a besoin. » Vous » me désespérez, lui dit son ten- » dre ami en l'embraffant, de me » faire cette demande dans l'inf- » tant où je me suis entiérement » défait de tout mon numéraire. » La berline angloise que je viens » de me donner, me coûte six » mille livres. Mademoifelle N. de » l'opéra m'a fait un compte de » dix huit mille livres de diamans » chez mon bijoutier, qu'il a fallu » payer tout de suite, pour ne pas » me brouiller avec elle : & après » tout, on me croit plus riche que » je ne suis. Je vous proteste que » je n'ai que quatre-vingt mille » livres de rentes ; j'ai toutes les » peines du monde à lier les deux » bouts : comment me seroit-il pof- » sible d'aider mes amis ? Je ne puis

» pas vous prêter de l'argent ; mais
» je vous en ferai trouver «. Il le
met entre les mains de son homme d'affaires, qui lui prête quarante mille livres en marchandifes, l'affurant que les articles qu'il
lui donne, ne perdront pas plus
de cinq à fix pour cent. Ce frippon
a foin en même tems d'écarter tous
les chalands, jufqu'à ce que Damon, au défefpoir, confente à les
laiffer au plus vil prix ; & il les
fait acheter fous main au quart de
la valeur qu'il en a reçue en lettres de change, à quatre mois de
terme ; de forte que Damon fe trouve endetté de quarante mille livres, & ne reçoit que dix mille
francs. » Voilà donc, dit en lui-
» même ce malheureux, la tour-
» nure des amis intimes de ce pays-
» ci ! Non contens de vous faire
» effuyer l'humiliation d'un refus,
» ils abufent de votre confiance

» pour vous livrer à des usuriers
» qui vous écrasent impitoyable-
» ment. Ah ! gazettes maudites ,
» maudits journaux , je crains bien
» que vous ne m'ayiez trompé « !
Il emploie cependant une partie de
ces dix mille livres à se remettre
un peu en équipage, garde le reste
pour vivre, en attendant que ses
affaires soient arrangées, se résout
à mettre sa maison de campagne
en vente , & à la sacrifier pour
payer ses dettes, espérant de vivre encore commodément avec le
revenu de sa terre ; mais les dé-
légations qu'il a données sur les
rentes viageres, suspendues par la
déclaration du roi , ne font plus
payées ; les échéances des lettres
de change fournies pour le prêt
amiable que son intime ami lui a
procuré, arrivent ; & il est dans
l'impossibilité d'y faire face : les
créanciers se liguent , & font saisir
réellement tous ses biens.

Ce coup terrible jette Damon dans la plus affreuse consternation; mais, revenu à lui-même, il bénit la providence qui a arrangé les choses de cette maniere, pour lui montrer enfin cette humanité, cette bienfaisance, qu'il n'a encore rencontrées nulle part « Oui, dit-» il, je les trouverai, sans aucun » doute, ces vertus si desirées, » chez les ministres de la justice; » ils vont administrer mes biens » avec plus de sagesse & d'écono-» mie que je ne pourrois le faire » moi même; & après avoir payé » toutes mes dettes, ils me ré-» mettront mes immeubles dans le » meilleur état, sans qu'ils aient » éprouvé la moindre dégrada-» tion «. Au bout de quinze ans, pendant lesquels l'infortuné Damon vivotte avec le peu d'argent & le peu de crédit qui lui restent, ses biens ruinés & dévastés par les fer-

miers des baux judiciaires , font
vendus par adjudication ; leur produit fuffit à peine pour acquitter
les frais de juftice ; la maffe de
fes dettes eft toujours la même ;
il perd fa propriété , & les prêteurs
leurs créances ; il fait l'expérience
funefte des abus facrileges qui ré-
gnent depuis fi long-tems dans cette partie fi importante de l'adminiftration , & qui devroient attirer
toute l'animadverfion du monarque. Il veut en vain examiner les
manœuvres de ceux qui l'ont traité
fi cruellement ; fes yeux font dé-
voyés par le labyrinthe de la chicane , fafcinés par le preftige des
interprétations captieufes de la loi,
intimidés par les effrayantes for-
mes de la procédure : il voit avec
douleur , mais fans efpoir de ré-
clamation , dans le tableau de la
geftion la plus odieufe , la fortune d'une foule de citoyens de tous

les ordres s'évanouir, se consumer comme la sienne, en frais arbitraires de toute espece ; il y voit l'emprunteur & le prêteur completement & légalement ruinés, sans avoir même le droit de se plaindre ; il y voit enfin l'iniquité s'envelopper du manteau de la justice, emprunter son glaive pour exterminer également le débiteur & le créancier, & élever la fortune de l'administrateur sur les ruines confondues de l'un & de l'autre.

Damon dépouillé de tous ses biens, songe à faire usage de ses talens, & à solliciter quelque emploi qui lui donne de quoi vivre : il présente un mémoire, ne manque pas une audience, est amusé pendant deux ans par des réponses ambiguës, dépense tout l'argent qui lui reste, en voyages, finit par recevoir une négative brusque & mortifiante, & est encore dans un

F iv

nouvel étonnement, de ne pas trouver chez les hommes qui doivent
être les organes de l'humanité &
de la bienfaisance, ces vertus dont
la recherche lui a tant coûté. Quelqu'un lui suggére l'humiliante ref-
fource de mettre dans fes intérêts
une intrigante . il vend fes nippes ,
parvient à former une fomme de
deux cens louis , & la donne à cette déteftable harpie , qui a l'infamie de la lui retenir , & de faire
donner la place à un concurrent qui
lui en donne deux cens cinquante.

Voici le malheureux Damon à
fon dernier terme ! Il n'a plus ni
argent, ni hardes, ni crédit ; le
mal immonde que la femme de
cour lui avoit donné , & dont il
n'avoit été que replâtré par la cure de cent louis , fe reproduit avec
des fymptômes graves & mortels ;
le chagrin & la mifere lui font faire
les progrès les plus rapides ; il eft

alité, couvert de plaies, fans nourriture & fans fecours : il envoie une
bonne femme qui par charité lui
donnoit quelques foins, chez le
curé de fa paroiffe pour implorer
fon affiftance ; le curé la fait revenir plufieurs fois, & lui donne
enfin un petit écu, en lui recom-
mandant bien expreffément de ne
plus retourner. » O humanité !
» ô bienfaifance ! s'écrie Damon
» en recevant cette chétive aumô-
» ne, où êtes-vous donc, fi une
» brebis défolée ne vous trouve
» pas dans les entrailles de fon
» pafteur « ? Le petit écu eft bientôt dépenfé ; le gargotier auquel
la nourriture eft due depuis long-
tems, ne veut plus fournir les
bouillons. Le maître de la maifon
veut ravoir fa chambre, dont il
n'a pas retiré le loyer depuis plufieurs mois, & prend le parti de
faire tranfporter fon locataire à
l'hôtel-dieu.   E v

On met le malheureux Damon, gémiſſant & fondant en larmes, ſur un brancard, couvert d'une toile groſſiere & mal-propre ; & on l'emporte. L'idée de la mort prochaine l'afflige : ſes maux ſont ſi grands & ſi multipliés, qu'il ne peut guere eſpérer de remede ; mais l'eſpoir de trouver enfin dans ces derniers momens, l'humanité & la bienfaiſance, lui offre une ſorte de conſolation. » Oui, dit-il » en lui-même, il n'y a plus de » doute que ces vertus vont ſe » montrer à mes yeux, avec tout » leur éclat, dans ce palais qu'el- » les doivent néceſſairement ha- » biter ſans ceſſe, dans cette fon- » dation reſpectable, monument » ſacré de la piété du plus ſaint » de nos rois, & à laquelle tant » de vertueux citoyens ont con- » couru depuis tant de ſiecles «. Il arrive : on le porte dans une vaſ-

te & puante falle, où regne un air
infect & empoifonné, capable de
caufer les maladies les plus dan-
gereufes ; on le place en quatrieme, dans un lit dur, fale & dégoûtant, à côté d'un moribond ;
il reçoit un inftant après, toutes
les fecouffes des convulfions de l'a-
gonie de ce voifin, & la fueur
froide qui découle de fon corps,
déjà glacé par la mort; il le voit
expirer, & frémit d'horreur. Un
brutal médecin vient un inftant
après, lui tâte brufquement le pouls
fans lui rien dire, donne pour lui
une ordonnance, & paffe à un autre lit. Le lendemain matin, un garçon de l'hôpital arrive avec les remedes qu'il eft chargé de diftri-
buer, fe trompe de phiole, fait ava-
ler à l'infortuné Damon une po-
tion tout-à-fait contraire à fon mal,
& lui donne le coup de grace : il
expire, en reconnoiffant & avouant

trop tard, que dans la bonne ville de Paris, les mots d'humanité & de bienfaisance font dans toutes les bouches ; mais que la dureté & l'égoïfme le plus complet regnent dans tous les cœurs.

CHAPITRE XI.

Des Défrichemens.

Les plus savans politiques ne sont pas d'accord sur un point d'administration très-important, & n'ont pas encore bien décidé si les colonies sont utiles ou préjudiciables à un état, & si le commerce qu'il peut faire avec elles, lui est nuisible ou avantageux. Je me garderai bien de me jetter dans cette sérieuse & pénible discussion qui exigeroit un gros volume. J'observerai seulement que nous allons chercher de nouvelles possessions dans les deux mondes, que nous envoyons nos navigateurs les plus experts & les plus renommés faire le tour du globe pour la décou-

verte des terres inconnues ; que
nous faifont périr des milliers d'hommes pour tirer quelque parti de la
miférable ifle de Cayenne, tandis
que nous avons en France dans la
Normandie, la Bretagne, la Guyen-
ne, la Gafcogne, l'Auvergne, le
Languedoc, la Provence, le Dauphiné & d'autres provinces, environ quarante millions d'arpens de
marais & de micles à deffécher, de
landes à défricher, de greve & d'autres terreins vains & vagues à mettre en valeur, dont la culture feroit jouir les habitans des lieux cir-
convoifins d'un air plus pur & plus
falubre, donneroit aux hommes
des fruits & des grains, aux beftiaux & aux troupeaux des pâturages, de l'occupation aux cultivateurs, & en augmentant la maffe des productions du royaume,
augmenteroit les richeffes & la population de l'état.

Le roi a inconteſtablement la propriété domania'e des terreins vains
& vagues de ſon royaume, & le
droit de les concéder, de les in-
féoder, de les engager à ſes ſujets
pour les mettre en valeur ; ce droit
eſt conſacré par une foule d'édits
rendus ſous tous les regnes, en-
regiſtrés dans toutes les cours ſou-
veraines, & il importe au monarque de le conſerver. Il lui donne
des moyens d'exercer ſa bienfaiſance, & de récompenſer des ſujets
qui ont bien mérité de l'état ; il
augmente les revenus de ſes do-
maines, & convertit des déſerts
ſecs & arides, des terreins fangeux
& mal-ſains, en campagnes ſalu-
bres, riantes & fertiles. Mais ſouvent l'envie, la cupidité, l'injuſti-
ce, empêchent le ſouverain d'exercer un droit ſi légitimement & ſi
ſolidement établi.

Dès qu'un particulier a obtenu

de la juſtice ou de la bonté du roi
une conceſſion de quelque importance, on voit ſur le champ les
ſeigneurs riverains, les abbés réguliers & commendataires, les
communautés, les anciens enga-
giſtes, les uſagers, s'élever pour
faire révoquer ce don, pour en ſuſ-
pendre ou en empêcher la jouiſ-
ſance; on les voit s'efforcer de conſerver par la chicane des poſſeſ-
ſions acquiſes par l'uſurpation....
Ils commencent d'abord par mettre des oppoſitions, & conteſter au
roi la propriété des terreins concédés. Quand le conceſſionnaire a
prouvé, à grands frais, par les ar-
pentages, les procès-verbaux des
commiſſaires & des intendans, les
rôles de nouveaux acquêts, les arrêts précédemment rendus, dans
leſquels ces terriens ſont quelquefois mentionnés, qu'ils appartien-
nent indiſputablement au domaine,

les oppofans entreprennent de prou-
ver au fouverain qu'il fait une mauvaife affaire en les concédant; mais
le conceffionnaire leur démontre
qu'il double & triple le revenu du
domaine en offrant au roi une re-
devance ou un cens, foit en argent, foit en grains, deux & trois
fois plus fort que les droits d'ufage qui lui font payés par les communautés ufageres fur les mêmes
objets. Alors les oppofans abandonnent la caufe du roi pour em-
braffer celle des cultivateurs ; ils
affectent leur défenfe, & s'arro-
gent le droit de parler pour eux ;
ils expofent qu'on veut priver les
habitans d'une poffeffion immémoriale, & leur ôter les moyens de
faire vivre leurs troupeaux & leurs
beftiaux. En vain le conceffionnaire
propofe le cantonnement, fe fou-
met à abandonner à la communauté le tiers du terrein concédé ;

en vain des payſans exténués & languiſſans forment des vœux pour le deſſéchement des marais dont ils ſont environnés, qui corrompent l'air qu'ils reſpirent, leur donnent la fievre qui les mine & les conduit au tombeau; en vain proteſtent-ils qu'ils préférent le tiers d'un champ cultivé, ſain & fertile, à la totalité d'un marais fangeux, couvert d'eaux croupiſſantes, où ils ne trouvent que la maladie & la mort, ou d'un terrein ſec & aride qui n'offre à leurs troupeaux affamés que de maigres & de funeſtes pâturages; en vain l'organe des curés, des ſubdélégués, des intendans même, porte les cris de ces malheureux aux tribunaux devant leſquels pendent les procès de cette nature; les infatigables adverſaires élevent de nouvelles difficultés, font naître de nouveaux obſtacles, multiplient autant qu'ils peu-

vent les appels, accablent de frais
leur partie, en la traînant de tribunaux en tribunaux, & parvien-
nent, à force de longueurs & de
retards, à obliger le conceffionnaire, épuifé par des avances énormes auxquelles il ne peut plus fournir, d'abandonner la jouiffance du
bienfait du monarque, & de renoncer à une grace qui fouvent eft
le prix légitime & la jufte récompenfe de fes fervices.

M. le chancelier Séguier fut contraint de remettre au roi le don
des-terreins vains & vagues des
bailliages & vicomtés de Caen, de
Bayeux, de Falaife, de Courance
& d'Avranche que Sa Majefté lui
avoit concédés par fes lettres-pa-
tentes du mois de Mai 1641, en-
regiftrées au parlement & à la
chambre des comptes de Rouen.
M. le comte de la Tour d'Auvergne n'a pu terminer qu'en 1780,

le procès relatif à la concession faite à M. le Maréchal de Turenne, de 40000 arpens de marais en Dauphiné, connus fous le nom des marais de Bourgoin.

M. le marquis de Courci, lieutenant général des armées du roi, homme de qualité, vieillard respectable, officier-général distingué, avoit obtenu du roi la concession de dix-huit cens arpens de terre en Normandie, concession confirmée par trois arrêts consécutifs du conseil, qui lui inféodoient les terreins, l'envoyoient en jouissance, & autorisoient à entamer les travaux. Ses adversaires font parvenus à le faire débouter par un arrêt du parlement de Rouen ; il a appellé au conseil qui a cassé cet arrêt ; les opposans ont trouvé le moyen de faire renvoyer la cause à la grande direction, qui a cassé l'arrêt du conseil rendu en cassa-

tion de celui du parlement de Normandie, & a condamné avec dépens M. le marquis de Courci. Celui-ci perd environ 400000 liv. que
lui coûtent les travaux commen-
cés, & cette perte, jointe à celle
des dépens & frais de la procédure, renverse entiérement la fortune. Il ne lui reste plus de ressource que d'appeller au conseil
des dépêches, s'exposer à de nouvelles longueurs, & courir le hasard d'un quatrieme jugement, ou
d'implorer la justice du roi pour
être remboursé des avances qu'il
a faites pour mettre en valeur les
terreins que sa bonté lui a concédés.

Après ces légeres réflexions,
partons pour le nouveau monde,
allons crever à la Martinique, à
Saint-Domingue, à la Louisiane,
au Mississipi, à Cayenne, à Ma-
dagascar, & continuons de faire

comme ces maris qui négligent &
abandonnent des femmes charmantes & vertueuses, pour courir après
les laidrons qui se livrent au premier venu.

CHAPITRE XII.

De l'usage d'annoncer les visites.

Je voudrois que l'académie des inscriptions & belles-lettres éclaircît un point d'antiquité, dont la solution me feroit le plus grand plaisir, & qu'elle daignât nous apprendre si c'étoit l'usage d'annoncer dans les maisons de la Grece & de l'ancienne Rome ; si, quand Alcibiade & Périclès, Pompée & Lucullus, César & Caton, Cicéron & Marc-Antoine, se faisoient visite, les laquais leur demandoient leur nom dans l'antichambre. J'ai peine à croire que des gens qui se tutoyoient, usassent de ce ridicule cérémonial ; & je pense qu'ils entroient tout simplement les uns chez les autres.

La configne, ou l'ufage de faire défendre fa porte, eft raifonnable & honnête : qu'un homme qui a quelque occupation, ou quelque malaife, ne veuille voir perfonne, & ordonne à fon portier de dire qu'il n'eft point au logis, c'eft à merveille ; cette défenfe ignorée ne peut offenfer perfonne ; le vifiteur s'en contente & s'en va, & le vifité ufe du droit inconteftable qu'il a de jouir dans fa maifon de la tranquillité & du repos, & d'y trouver un afyle contre l'importunité.

Mais l'ufage d'annoncer eft bien différent. Il a pris fa fource chez les grands & les gens en place ; & il a été raifonnable, tant qu'il n'eft pas forti de ce tourbillon. Un homme qui occupe une grande place, eft cenfé n'avoir pas de tems de refte ; on doit le fuppofer contraint d'en faire une jufte & économique diftribution,

diftribution, & croire qu'il ne peut pas abandonner à un homme inutile le quart-d'heure qu'il doit à un homme effentiel : lors même qu'il bâille aux mouches dans fon cabinet, il faut qu'il ait au moins l'air d'y être occupé. Il eft jufte que cet homme fache le nom des gens qui demandent à le voir, pour fe décider à les admettre, ou à les renvoyer. Mais ce même ufage eft devenu ridicule, impertinent, révoltant, depuis qu'il a été proftitué, & qu'il eft forti des bornes que le bon fens & la raifon ui avoient prefcrites. On annonce aujourd'hui dans toutes les maifons poffibles, même chez les financiers, chez les bourgeois, chez es marchands, chez les garçons es plus défœuvrés : il n'y a pas ufqu'à mon laquais, de moi, garçon, logé en hôtel garni, qui avoit a rage d'annoncer, & qui annon-

G

ceroit encore, fi je ne l'avois enfin
menacé de le mettre à la porte à
la premiere récidive. Il me fit un
jour tomber en confufion, en m'an-
nonçant, avec un ton de dignité,
un des plus grands feigneurs du
royaume, qui avoit daigné m'honorer d'une vifite. J'ai vu dans des
ménages où il n'y avoit point de
laquais, la bonne fortir de fa cuifine, au coup de fonnette, & quit-
ter fon tablier, pour venir annoncer. Je demande fi ce n'eft pas là
le plus complet ridicule ? Et dans
le fond, à quoi fert d'annoncer
chez le commun des citoyens ? Dès
qu'un honnête homme eft dans
l'antichambre, le maître de la maifon ne peut, ni le faire attendre,
ni encore moins le renvoyer ; il n'a
même plus d'excufe légitime à pro-
pofer ; parce que s'il eft malade,
ou occupé de maniere à ne voir
qui que ce foit, il doit faire dé-

fendre fa porte. Si par hafard il a
dans ce moment d'autres perfonnes chez lui, il offenfe grièvement
celle qui fe préfente, en faifant
favoir aux autres, qu'il ne veut
pas la recevoir ; & il s'expofe in-
failliblement aux fuites ordinaires
d'une infulte.

D'ailleurs, les formalités de l'annonce font toutes défagréables &
dégoûtantes. Un honnête homme
fe préfente dans l'antichambre ; un
laquais infolent qui a eu bien de
la peine à fe lever de fon fiege,
après l'avoir toifé, lui demande :
Monfieur, votre nom, s'il vous plaît.
C'eft affurément une très grande
impertinence d'obliger un homme
qui vient faire une vifite, de dé-
cliner fon nom à un laquais dans
une antichambre. Ce laquais entre
enfuite le premier dans le fallon
de compagnie, & décline lui-même, à haute voix, le nom de la

personne qui le fuit. Cette feconde formalité eſt encore tout au moins une impoliteſſe : il n'y a aucune efpece de néceſſité de faire favoir à toute la compagnie le nom de la perſonne qui va paroître ; & il peut y avoir dans le cercle des gens defquels elle defireroit de n'être pas connue.

En un mot, l'uſage d'annoncer ne me femble raiſonnable que chez les hommes publics & chez les femmes publiques. J'ai indiqué les raiſons qui le rendent néceſſaire chez les premiers ; on devine celles qui peuvent le faire tolérer chez les autres. En Italie, lorfqu'un amateur fe préfente chez une courtifanne, la *camerièra* va l'annoncer à l'oreille de fa maîtreſſe ; & fi celle-ci ne peut abfolument pas le recevoir, elle revient lui dire avec beaucoup de douceur, *la Seignora e impedita.*

CHAPITRE XIII.

De la Reconnoiſſance.

J'ai toujours remarqué que la plupart des hommes calculent communément la meſure du tems par
les occupations auxquelles ils ont
coutume de l'employer. Demandez
à un militaire s'il faut long-tems
pour aller d'un lieu dans un autre,
il vous dira qu'il n'y a qu'une
portée de canon ; faites la même
queſtion à un prêtre, il vous ré-
pondra qu'il faut le tems de dire
un roſaire, ou tant de *pater* &
d'*ave* ; queſtionnez dans une route, un matelot ou un payſan des
provinces maritimes, pour ſavoir
ſi vous êtes encore loin de l'endroit où vous voulez aller, il vous

affurera qu'on peut y arriver en
fumant tant de pipes. Chacun a
de même fa maniere de favoir
l'heure qu'il eft. Le tambour qui
bat la diane, le relevé des gar-
des, l'affemblée, la retraite
eft l'horloge du foldat ; l'homme
du peuple regarde ou écoute l'horloge de la paroiffe voifine ; l'homme du monde tire fa montre ; le
marin laiffe la fienne dans fa fou-
te quand il va faire fon quart, &
compte par ampoulettes ; & l'ivro-
gne retrouve l'heure par le nombre de flacons qu'il a bus.

La maniere de voir de différentes perfonnes eft quelquefois
auffi relative aux mœurs & aux
ufages de leurs nations. Le célebre Caftrato Caffariello vint à
Paris, il y a fort long-tems, avec
un jeune violon, éleve de Tar-
tini, qu'il menoit toujours avec lui
pour l'accompagner quand il chan-

toit. On invita Caffariello à une
partie de campagne ; il étoit dans
une voiture & fon accompagna-
teur dans une autre avec la perfonne qui me raconta l'anecdote.
On loua beaucoup pendant la route M. Caffariello ; on vanta l'é-
tendue & le charme de fa voix,
& l'art avec lequel il favoit la
ménager. » Oui, dit le jeune mu-
ficien , il faut convenir que M.
» Caffariello eft un homme éton-
» nant, il fait le plus grand plai-
» fir , il furpaffe en voix & en
» goût tous les muficiens qui l'ont
» précédé ; mais cet homme n'eft
» pas, à beaucoup près, auffi ef-
» timable par fes qualités perfon-
» nelles que par fes talens ; il eft
» méchant, ingrat, il a le cœur
» mauvais , l'ame infenfible , il
» méconnoît les bienfaits «. On
demanda au jeune homme ce qui
pouvoit lui donner lieu de porter

un pareil jugement ». Je vais vous
» le dire, repliqua-t-il. M. Caf-
» fariello eſt un homme de baſſe
» extraction, fils d'un payſan de
» la campagne de Rome : un ſei-
» gneur Romain, paſſant par ſon
» village, trouva cet enfant in-
» téreſſant ; il le prit avec lui ;
» le mena à Rome, le logea dans
» ſon palais, le fit élever, lui
» donna des maîtres de toute eſ-
» pece, & ſur-tout des maîtres de
» muſique, pour laquelle il trou-
» va en lui les plus grandes dif-
» poſitions ; il le fit *caſtrare* à ſes
» propres dépens ; il n'en a ja-
» mais témoigné la plus légere re-
» connoiſſance «. L'Italien regardoit
cette opération, qui avoit fait la
fortune de M. Caffariello, comme
un bienfait ſignalé qui exigeoit
de ſa part une éternelle grati-
tude : un François l'auroit regar-
dée comme un attentat atroce

qui méritoit la plus éclatante ven-
géance.

Il arrive très-souvent aussi que
les hommes ne voyent dans un
objet que ce qui est analogue à
leur goût ou à leur profession. Je
me promenois un jour au Luxem-
bourg avec un chirurgien de Paris, de la plus grande réputation ;
nous rencontrâmes une femme
d'une très-grande taille, & faite à
peindre : » Voilà, s'écria mon
» homme, un beau sujet pour des
» démonstrations «. Le chirurgien
ne voyoit dans cette belle personne qu'une superbe anatomie ;
le peintre & le sculpteur n'y auroient peut-être vu qu'un charmant modele ; le moraliste, les
vertus ou les vices ; le notaire, le
contrat de mariage ; le curé de
village, le sacrement ; l'étymo-
logiste, les diverses dénomina-
tions de la femme dans toutes les

G v.

langues ; mais le voluptueux, à coup sûr, n'y auroit vu que le plaisir.

CHAPITRE XIV.

Des Projets.

Un grand projétiste de ma connoissance vint me trouver, il y
a quelques jours, à cinq heures
du matin, pour me faire part
d'une idée lumineuse & sublime
qui s'étoit présentée à son esprit
la nuit précédente «. Je me prome-
» nois hier, me dit-il, au bois
» de Boulogne, & je vis dans
» une allée un cerf, apprivoisé,
» dressé, sellé, bridé, & monté
» par une dame habillée en ama-
» zone, qui lui faisoit faire tous
» les mouvemens, & lui donnoit
» toutes les allures du cheval ;
» elle le menoit au pas, au trot,
» & au galop, suivant sa fantai-

» fie. Cette finguliere découverte
» m'a fait imaginer qu'on pour-
» roit tirer des cerfs une pro-
» d gieufe utilité pour les poftes,
» en les fubftituant aux chevaux,
» dont on a coutume de fe fervir.
» Ils ont les mouvemens plus doux
» & moins fatigans, la marche
» plus légere, la courfe plus vé-
» loce, & en rafant leur bois gê-
» nant & dangereux qui peut oc-
» cafionner des accidens, il ne
» feroit peut-être pas impoffible
» de les atteler, & de leur faire
» traîner les voitures. On pour-
» roit même en tirer des fervices
» à la guerre pour une cavalerie
» légere, & il faudroit alors leur
» laiffer leur bois comme une ar-
» me offenfive, capable d'incom-
» moder l'ennemi. Il n'y a pas
» de doute, ajouta-t-il, qu'un mé-
» moire bien fait fur cette ma-
» tiere, décideroit le roi de met-

» tre en haras tous les cerfs qui
» peuplent ses forêts. Sa Majesté
» y gagneroit la suppression de
» la dépense de son train de
» chasse, une excellente remonte
» de cavalerie légere, un capital
» d'animaux de monture & d'at-
» te'age pour ses postes, le pu-
» blic en seroit mieux servi ; &
» les chevaux, plus forts & plus
» propres aux travaux de la cam-
» pagne & aux charrois, seroient
» rendus à l'agriculture & au com-
» merce «. Mon homme, après
cet exposé, tira de sa poche un
devis dans lequel il avoit déjà
calculé les dépenses & les produits, & un brouillon de mémoire qu'il me promit de rectifier
d'après mes conseis.

Je lui dis ingénûment que je
n'avois jamais vu de cerf qui ga-
loppât aussi vite que son imagination. Mais, comme il ne faut

pas trop heurter de front ces mef-
fieurs-là, je le priai de me laiffer
fon devis & fon mémoire, & lui
promis d'y faire mes obfervations;
je lui donnai à déjeûner, & le
congédiai, en prétextant une affaire importante qui m'obligeoit
de m'habiller & de fortir tout de
fuite. Quelques jours après, je lui
rendis fes papiers, en l'affurant
que j'avois été fi fatisfait de fon
travail, que je n'y avois pas
trouvé un point ni une virgule
à ajouter, ni à fupprimer.

Il y a dans Paris une foule
d'extravagans, de défœuvrés &
d'affamés qui courent après la
fortune, & font affez dépourvus
de bon fens pour efpérer d'y parvenir, en mettant en avant des
projets de cette force.

Un homme a été affez fol pour
préfenter férieufement un projet
pour anéantir en un an la nation

angloife , en portant en Angleterre une armée de loups. La bafe
du projet étoit appuyée fur l'hiftoire ; il rappelloit au miniftre
avec érudition, les ravages affreux que ces animaux avoient
faits autrefois dans la grande-
Bretagne, & combien ils s'étoient
toujours montrés friands de la
chair des Anglois. Il calculoit enfuite qu'un loup d'un appétit mé-
diocre, peut bien manger un homme en deux jours , & concluoit
qu'en faifant débarquer en Angleterre environ dix mille loups, dans
la révolution de l'année il ne devoit plus y refter un feul des
fept millions d'habitans qui forment la population de ce royaume. Les hommes de cette efpece
font bien faits affurément pour jufti-
fier l'éloignement que les membres
de l'adminiftration témoignent pour
les projetiftes. Mais il y a auffi

dans la capitale des hommes fages, éclairés & inftruits, qui en-
fantent quelquefois des projets infiniment utiles, dont l'exécution
affureroit à l'état les plus grands
avantages, & ces hommes méritent certainement d'être écoutés,
& même encouragés par la gloire & les récompenfes.

Il eft fûr que le gouvernement
ne doit pas fe livrer aveuglément
à tous les projets qu'on lui préfente ; mais il ne doit pas non
plus fermer avec opiniâtreté les
yeux aux rayons qui partent de
ces têtes lumineufes qu'on ne trouve guere que dans le moyen ordre des citoyens ; & le mépris
que les gens en place montrent
affez communément pour les fai-
feurs de projets, doit avoir des
bornes & des exceptions. Tout
accepter, eft mal ; tout rejetter,
eft pis. Un homme d'état qui n'a

point de fyftême, à lui, ni de volonté propre, & qui exécute fans difcernement tous les chan-gemens & toutes les innovations qu'on lui propofe, reffemble à un médecin qui accable fon malade de tous les remedes qu'il trouve dans les livres & dans la bouche des bonnes femmes. Celui qui tient trop à fes principes, qui fe roidit contre les avis & les con-feils, qui ne trouve de befogne bien faite que la fienne, & qui plutôt que d'y rien changer, aban-donne (comme a dit un homme de beaucoup d'efprit) l'état à fa bonne fortune, reffemble à un autre médecin qui laiffe empirer le mal, & mourir le malade, faute d'appeller à confultation.

CHAPITRE XV.

De la Francmaçonnerie.

Il n'y a pas soixante ans que la francmaçonnerie a passé d'Angleterre en France ; il y en a près de quarante que le secret a été divulgé. J'étois à Paris en 1745, il parut un petit livre intitulé : *le Secret des francmaçons révélé ;* tous les mysteres de cette société y étoient dévoilés en effet, & mis dans le plus grand jour. La publication de ce livre répandit l'alarme dans toutes les loges : la grande, dont feu monseigneur le comte de Clermont, prince du sang, étoit maître, s'assembla à la hâte ; on y délibéra que le seul moyen de parer ce coup terrible, étoit de semer rapidement dans Paris une vingtaine de petits ouvrages sur le même sujet, du même format, à-peu-près de la même étendue, tous différens les uns des autres, pour faire disparoître la vérité, en la noyant dans un océan de fictions & de mensonges. Cette pressante besogne fut répartie entre les freres lettrés que l'on jugea les plus capables de la bien faire. On composa, on imprima, on publia dans moins de quatre jours, la chose réussit à souhait, le véritable catéchisme se sauva à travers la foule des faux, & il ne fut plus possible de le reconnoître.

J'ignore s'il faut chercher l'origine de la maçonnerie dans le temple de Salomon ; si ses emblêmes sont des allégories qui ont trait aux sciences occultes ; si ses divers grades sont des échelons par lesquels il faut monter pour s'éle-

ver jufqu'au niveau des célebres
freres de la Rofecroix. Je laiffe
aux enthoufiaftes le foin d'appro-
fondir & de difcuter le merveilleux. Mais il eft fûr que cette fociété eft connue en Angleterre, en
Ecoffe depuis un tems immémo-
rial ; que l'exiftence des loges d'E-
dimbourg & de Londres eft conf-
tatée par des titres & des monumens authentiques fur lefquels s'eft
déjà écoulée une longue fuite de
fiecles ; il eft fûr que tant que cet
inftitut s'eft confervé dans fa pureté, tant qu'on a maintenu l'obfervance rigide du fond & de la
forme, tant qu'on a apporté le
fcrupule le plus minutieux à l'exa-
men des candidats ; cet inftitut,
dis-je, a été un des plu beaux &
des plus utiles que les hommes
aient jamais imaginés. Recevoir un
homme, lui donner la connoiffance des figures, des paroles, des

ſignes, des attouchemens; de la morale, de la diſcipline, c'étoit lui donner un brevet d'honnêteté & de
vertu, qui le diſpenſoit de tout autre titre, ceux auxquels il ſe pré-
ſentoit de toute autre perquiſi-
tion, & lui aſſuroit l'accueil, l'a-
mitié & les ſecours de tous les
freres dans tous les pays où ils
ſe trouvoient diſperſés.

Le ſecret a été inviolablement
gardé en Angleterre pendant un
grand nombre de ſiecles; & la légéreté françoiſe n'a pas pu réſiſ-
ter vingt ans à la démangeaiſon
de le divulger. Lorſque le digne
frere Ricaud, que j'ai beaucoup
connu, fit ce célebre quatrain :

> Pour le public un francmaçon
> Sera toujours un vrai problême,
> Qu'il ne pourra réſoudre à fond,
> Qu'en devenant maçon lui-même.

il prophétiſa ſans s'en douter que

le public feroit un jour francma-
çon. En effet, tout le public eft
aujourd'hui dans la confidence.

En Angleterre on n'a jamais reçu
de fujets équivoques, & l'on a conf-
tamment rejetté tous les candidats,
qui ne font pas généralement avoués.
En France, on s'eft bientôt relâché
fur le choix, & l'on a fini par recevoir tous ceux qui étoient en état
de payer la premiere mife, tous
les roués, tous les gens perdus de
mœurs & de réputation, tout ce
qui forme, en un mot, le rebut
de la fociété, a été admis fans exa-
men.

Jamais l'ennui n'a gagné les loges angloifes, ni celle qui ont été
établies en France dans les premiers
tems. Des freres vertueux étoient
toujours empreffés d'aller y goûter
les plaifirs innocens que leur of-
froit l'obfervance de la regle. Les
François n'ont pas tardé de les trou-

-ver infipides ; ils ont voulu intro-
duire dans les loges la fociété des
femmes. Ils ont commencé par fon-
der une maçonnerie femelle, ou
plutôt hermaphrodite , qui eft, à
la vérité , tout-à-fait différente, &
à laquelle les deux fexes font également admis. Ils ont enfuite invité les femmes aux loges d'hommes, ils ont voulu après la tenue
des affemblées donner de la danfe
& des foupers, & égayer un inftitut qui leur paroiffoit trifte &
faftidieux. Les loges , ces temples confacrés à la paix, à l'inno-
cence & à la vertu, font devenus
des falles de bals & de piquenics,
& les chanfons maçonnes, ces hym-
nes qui portoient le précieux caractere de la fimplicité, de l'union,
de la concorde & de l'amour fra-
ternel , ont paffé dans les gueules
braillardes de tous les vendeurs de
chanfons du Pont-neuf & des rues
de Paris.

La société des francmaçons a toujours formé en Angleterre un corps respectable & respecté, qui a mérité la vénération publique par ses vertus & ses bonnes œuvres. En France, il a été honni, vilipendé, baffoué, son secret a été divulgué & affiché dans toutes les rues, ses mysteres ont été ridiculisés, & l'on trouve sur tous les boulevards & chez tous les marchands d'estampes, une gravure où l'on voit tout l'appareil & le cérémonial d'une réception ; tous les officiers y sont représentés sous les figures de divers animaux ; le vénérable est un loup; les surveillans, deux chiens ; l'orateur, un perroquet ; le maître de cérémonie, un singe ; le secrétaire, un âne ; le frere terrible, un lion ; & le récipiendaire, un dindon.

Les véritables maçons ont été forcés, depuis trente ans, de renoncer

noncer à ces assemblées, ils ont
même formé des loges particulieres où ils n'admettent que les freres qui ont conservé la pureté du
fond & la rigidité de la forme. Ils
y suivent avec la plus grande exactitude les loix de l'institut, & en
pratiquent la morale ; ils se répandent en bonnes œuvres, & font
tous les jours des actes d'humanité & de bienfaisance qui édifient
tous les honnêtes gens. Les fieres
les plus relâchés, les relaps, pro-
fitent de la prostitution, & s'em-
barrassent peu que le corps soit
couvert de mépris & d'opprobre,
pourvu que l'attrait de l'amusement
& l'amour du plaisir consolent les
individus.

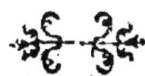

H

CHAPITRE XVI.

De quelques Ufages.

Tous les ans, aux jours de la Fête-Dieu & de l'octave, je ne manque pas, quelque tems qu'il faffe, de fortir de chez moi, à neuf heures du matin, & de parcourir jufqu'à une heure les principaux quartiers de Paris, pour voir les tapifferies qu'on étale dans les rues où doivent paffer les proceffions. Je fuis enfant fur ce point ; cet amufement eft pour moi délicieux, & je fuis défefpéré de n'en pouvoir jouir que deux fois l'année.

L'ufage d'honorer les Dieux & les rois, en couvrant de tapis leur paffage, eft très-ancien, & nous

eſt venu d'Orient. Les orientaux
n'avoient, & n'ont point encore
de tapiſſeries ; mais nous voyons
dans pluſieurs auteurs reſpecta-
bles, que les rois de Perſe & les
autres ſouverains d'Aſie ne mar-
choient dans leurs palais que ſur
des tapis, & que dans les triomphes & les entrées pompeuſes on
en étendoit ſous leurs pas. Les
enfans des Hébreux qui traiterent
notre Seigneur Jéſus - Chriſt en
roi des Juifs, lorſqu'il entra dans
Jéruſalem, allerent au - devant de
lui, & à défaut de tapis, étendi-
rent ſur ſon chemin leurs manteaux & leurs vêtemens. Il eſt
tout ſimple que cet uſage ait pris
naiſſance ſous ces ſuperbes climats,
où la boue eſt on ne peut pas
plus rare ; dans un pays auſſi ſec
que la Paleſtine, il eſt vraiſembla-
ble que les enfans des Hébreux
en furent quittes en ramaſſant

H ij

leurs habits & leurs manteaux,
pour en secouer la poussiere. Mais
si dans les villes bourbeuses de
l'Europe chrétienne on fouloit aux
pieds les tapisseries, cet hommage deviendroit ruineux pour
les particuliers, qui ne pourroient
certainement pas le renouveller
tous les ans ; de sorte qu'au lieu
de couvrir le pavé des rues, on
a pris le sage parti de tendre les
murs qui les bordent. Cette pratique est pieuse & louable ; j'ap-
prouve fort aussi l'arrangement
économique qui en permet l'an-
niversaire à tous les propriétaires
des maisons chrétiennes. Mais j'a-
voue que je ne suis pas édifié de voir
étaler indistinctement dans ce saint
jour, les représentations de toutes
sortes de sujets. Je ne voudrois
pas que, pour honorer le vrai
Dieu, réellement présent dans ce
sacrement auguste, on le fît passer

à travers les images des divini-
tés & des fêtes du paganisme ;
qu'on présentât à un Dieu de vérité toutes les fictions de la fable ;
à un Dieu de bonté, de justice &
de miséricorde, le festin des La-
pithes & des Centaures, l'enleve-
ment des Sabines & les vengean-
ces des Pélopides ; à un Dieu de
paix, les batailles d'Alexandre &
de Louis XIV ; à un Dieu d'hu-
milité, les triomphes de César &
de Constantin ; à un Dieu enfin qui
n'est venu au monde que pour
racheter nos péchés par les tourmens & la mort, qui n'a prêché
que l'abstinence, la continence,
le jeûne, la priere & les souf-
frances pendant le cours de sa
vie ; les grouppes voluptueux de
Vénus & d'Adonis, de Diane &
d'Endymion, de Bacchus & d'Aria-
ne, les orgies des Bacchantes &
les fêtes flamandes & hollandoi-

H iij

fes de Teniers : je defirerois qu'on
fît un choix de tentures plus analogues à la majefté, à la fain-
teté du roi des rois, & aux idées
que nous nous faifons de la divinité. J'y perdrois peut-être comme curieux, mais j'y gagnerois
infiniment comme chrétien, & je
facrifierois volontiers mon amufe-
met à la fatisfaction de voir rendre à la religion un hommage
plus refpectueux & plus raifonnable.

On voit tous les jours à peu
près les mêmes contradictions dans
les temples. Entrez dans une paroiffe, un prédicateur prêche le
refpect des églifes ; & pendant
qu'il tonne contre les irrévérences
qui s'y commettent, vous trouvez au bout d'une nef un eaubé-
nitier, un bedeau & quelques men-
dians, familiers du lieu, dont la
majefté ne leur impofe plus, qui

y caufent tranquillement de leurs
affaires ; un peu plus loin font
un amant & une maîtreffe qui fe
font donné rendez-vous fous l'or-
gue, & s'entretiennent mutuellement de leur paffion ; dans une
chapelle le curé fait un baptême,
des enfans & des pauvres fe dif-
putent l'argent dont on fait la diftribution ; dans une autre , un
fculpteur & des maçons font occupés à placer un maufolée & une
épitaphe, & élevent dans le temple de vérité un monument d'orgueil & de menfonge. Vous entendez du bruit dans la grande
nef, c'eft la loueufe de chaifes
qui fe querelle avec un de fes
commis qui lui a fait de mauvais
comptes ; une belle dame à laquelle un beau Monfieur donne
la main, quête pour les pauvres,
préfente avec grace une belle
bourfe, & eft redevable à l'éclat
H. iv

de ſes charmes ou de ſa parure,
bien plus qu'aux mouvemens de
la charité chrétienne, de la chétive
aumône qu'on y met. Par une porte entre un enterrement ; on porte à la ſépulture un particulier
qui a acheté fort cher le droit de
pourrir dans l'égliſe & d'infecter
les fideles : par une autre ſort un
mariage, ſuivi de pluſieurs curieux
qui lâchent des propos laſcifs &
indécens ſur la mariée. Une foule
d'allans, de venans, entrent par
une porte, & ſortent par l'autre
ſans aucun autre motif que d'abréger leur route, en traverſant l'é-
gliſe dans laquelle ils ont établi
un grand chemin. En paſſant devant la ſacriſtie, vous entendez
compter l'argent des rétributions ;
dans la cour de l'égliſe eſt établie
une foire où l'on vend des mouſ-
ſelines, des gazes, des bonnets,
des fichus, des collets montés, des

fabots, des pouponnes, des clin-
cailleries, du pain d'épice & des
joujous pour les enfans; & fur
l'efcalier du parvis, vous trouvez
un libraire d'almanachs, d'étren-
nes mignonnes, de livres d'heures,
& un marchand de brochures, qui
vous propofe *l'Ecumoire*., ou les
Bijoux indifcrets.

Rétrogradons à préfent aux tems
de l'ancienne loi, rappellons-nous
la vénération que les Hébreux
avoient pour le temple de Salomon, dans lequel perfonne ne
pouvoit entrer? Revenons de-là
aux tems modernes; plaçons à
côté du tableau que je viens de
tracer, celui du refpect que les
brames ont pour leurs pagodes,
les mahométans pour leurs mof-
quées, les juifs pour leurs fyna-
gogues, les proteftans pour leurs
temples; faifons-en le paralle-
le, & rougiffóns de nos inconfé-
quences.   H v

CHAPITRE XVII.

Sur la Folie des Modes.

Les recherches qu'il faut faire sur l'antiquité pour éclaircir divers points relatifs aux mœurs & aux usages des anciens peuples, sont infiniment pénibles. Je sais ce qu'elles coûtent; j'ai fait une histoire de l'ancienne Crête, que je donnerai peut-être au public avant de mourir. J'y ai parlé de l'habillement des anciens Crétois, & j'ai eu une peine inconcevable à en retrouver, en définir, & en fixer les diverses pieces, quoiqu'elles fussent en petit nombre, & on ne peut pas moins recherchées.

Je ris de l'embarras de mes confreres les antiquaires, qui dans trois ou quatre mille ans voudront travailler à la defcription des ha-billemens des François de nos jours. Comment débrouilleront-ils le chaos de nos modes qui fe fuc-cédent avec tant de rapidité, & fous de fi bizarres dénomina-tions? Si quelque grande révolution anéantit l'encyclopédie perruquiere de M. André, comment feront-ils entendre à leurs contempo-rains ce que s'étoit que les coëf-fures des hommes, à l'oifeau royal, au cabriolet, à la ramponeau, à la grecque, à l'hériffon? Ils n'i-magineront jamais qu'un cabare-tier obfcur & ridicule ait donné fon nom à la coëffure d'une puif-fante & illuftre nation. Celles des femmes ne les intrigueront pas moins; que diront-ils des bon-nets à *la belle-poule*, *à la Grenade*, *à la d'Eftaing*, *au Dauphin*, *aux relevailles de la Reine*, *à la redou-*

H vj.

te , au port-Mahon , au compte rendu , au Ballon, à la Montgolfier , &c ?
Devineront-ils qu'on a voulu cé-
lébrer par des monumens aussi
légers & aussi frêles que les ba-
fes fur lefquelles ils font éle-
vés , la naiffance d'un héritier du
trône , la gloire d'une conquête
importante , la valeur d'un officier
diftingué , le triomphe d'un général habile & vaillant , l'adreffe
d'un adminiftrateur renommé qui
a cru étendre le crédit de l'état
par le développement public des
reffources. Je vois d'ici les faiseurs
de dictionnaires hiftoriques tra-
vaillans à l'article d'*Eftaing* , après
avoir parlé de l'origine & du luftre
de cette maifon , & du général qui
a mérité , à fi jufte titre , la confiance du roi & l'amour de la nation , ils ne manquèront pas de
fuppofer que dans le même tems
vivoit un autre d'*Eftaing* , habile

ouvrier en coëffure de femmes,
& qui faifoit des bonnets élégans,
auxquels on avoit donné fon nom.

Les couleurs de nos étoffes de
mode donneront auffi de la tabla-
ture aux opticiens & aux teinturiers;
il ne leur fera pas facile de deviner
la nuance du *foupir étouffé*, de *la cuiffe de nymphe émue*, du *ventre de puce
en fievre de lait*, de *l'entraille de
petit-maître*. Il faudra définir ce
que c'eft qu'un petit-maître, décider s'il peut avoir des entrailles, & de quelle couleur elles
font, & tout cela n'eft pas facile. Je crois, qu'après bien des
débats, on finira par affurer que
des François avoient des tons de
couleurs & des nuances, qu'on
a infenfiblement laiffé perdre; tout
comme nous affurons aujourd'hui
que la mufique des anciens Grecs
avoit des fubdivifions de tons &
des *comas*, qui font abfolument

inufités, & même inconnus dans
nôtre mufique moderne.

Les noms de plufieurs de nos
étoffes, comme les efpagnolettes,
les mufulmanes, les circaffiennes,
donneront lieu également à de
profondes recherches. Les favans
affirmeront que les François ti-
rôient les deux premieres de Ma-
drid & de Conftantinople ; & que
la Circaffie leur fournilfoit les troi-
fiemes. Ils concluront de là que
dans le dix-huitieme fiecle les Cir-
caffiens, qui n'ont d'autre trafic
que celui de leurs enfans qu'ils
vendent aux Turcs & aux Tartares, avoient un commerce fi éten-
du, qu'ils envoyoient jufqu'à Paris des étoffes pour l'habillement
des François.

Peut-être, hélas ! commettons-
nous tous les jours de pareilles
erreurs, dans les folutions con-
jecturales que nous nous avifons

de donner de différens problêmes d'antiquité.

Nos modes font folles, leurs noms extravagans ; mais ces modes rendent nos femmes charmantes, nos hommes propres & élégans ; elles aiguifent l'induftrie, perfectionnent les arts, étendent le commerce, tournent la tête aux étrangers, nous font rechercher par eux, attirent chez nous leur argent, & nous donnent fur les autres peuples une foule d'avantages. Jouiffons-en tant qu'ils dureront ; tâchons de les perpétuer ; moquons-nous des embarras & des fueurs des antiquaires futurs, & rions d'avance des differtations abfurdes auxquelles nos modes donneront naiffance dans les fiecles à venir.

CHAPITRE XVIII.

Des Récompenses.

Tous les souverains veulent être
flattés, & ceux d'Orient plus que
les autres. Je faisois un jour com-
pliment à Arslan Guéraï, kan
des Tartares, sur la composition
de sa cour, où l'on trouvoit réellement un grand nombre de gens
de mérite ». Ne soyez pas sur-
» pris, me répondit ce prince,
» si je suis bien servi & entouré
» de sujets de quelque distinction ;
» je récompense les bons, je chas-
» se les médiocres, je tue les mau-
» vais. Voilà mon secret « . Réponse simple & sublime, qui peut
fournir aux monarques, dont le
devoir est de récompenser & de

punir, matiere aux plus profondes réflexions.

On a de tous les tems représenté la Justice sous la figure d'une femme qui tient la balance d'une main, & le glaive de l'autre. C'est le moyen de la faire craindre, & non de la faire aimer. Sa seule fonction n'est pas de punir, elle doit aussi récompenser. Les vices & les crimes ne doivent pas seuls entrer dans sa balance ; les vertus & les bonnes actions doivent également y être pesées. Il me semble que son image auroit bien plus d'attraits, si on la peignoit tenant d'un main la palme des récompenses, & de l'autre, le glaive des punitions.

Le monarque doit à la sûreté de l'état, au maintien des loix & de son autorité, la punition des criminels ; mais il doit également à la prospérité & à la splendeur de

l'état la récompenfe & l'encou-
ragement des citoyens, qui le
fervent avec diftinction. Les châtimens & les graces ne fauroient
être trop multipliés, quand c'eft la
juftice qui les diftribue, & quand
ils ne font point le réfultat de l'a-
mour & de l'amitié, de la haine
& de la vengeance, de la cabale
& de l'intrigue.

La févérité dans la punition des
délits publics bien prouvés, eft
indifpenfable ; & la clémence n'eft
une vertu dans le fouverain & fes
miniftres, que lorfqu'elle les porte
à pardonner les offenfes perfon-
nelles. Malheur à toute fociété où
l'on peut rifquer de manquer à
l'état, & où l'on ne peut, fans le
plus grand danger, déplaire au
monarque ou à fes favoris. On
vient rapporter à Louis XII, qu'on
a tourné en ridicule fa parcimonie
fur le théatre ». Hé bien, répond

» ce bon prince, j'aime mieux que
» mon avarice les faffe rire, que
» fi ma prodigalité les faifoit pleu-
» rer «. Voilà la véritable clémence. La munificence dans les
récompenfes n'eft pas moins néceffaire, quand les mérites font
bien conftatés.

Le monarque & fes miniftres
ne doivent être en garde que
contre leurs propres affections, &
contre les furprifes de ceux qui
les entourent. Louis XIV accorde
le bâton de maréchal de France
au mérite & aux fervices de Fa-
bert & de Catinat..............

Les Romains ont été les plus
puiffans de tous les peuples; parce
qu'aucun n'a connu mieux qu'eux
l'ufage, la nature & les nuances
des récompenfes & des punitions.
Combien les exemples de févérité
de Brutus, de Manlius & de tant
d'autres, n'ont-ils pas évité de dé-

dits d'état ? combien leurs cou-
ronnes, leurs trophées, leurs colonnes, leurs obélisques & leurs
triomphes n'ont-ils pas produit
de grands hommes ? Dans notre
siecle où nous ne pouvons pas
nous permettre ces récompenses
d'éclat qui élevent l'homme au-
deſſus de lui-même, nous pour-
rions au moins ſubſtituer des décorations pour rémunérer les actions louables de tous les ordres
de citoyens. Les nôtres ne ſont
pas aſſez variées : nous en avons
pour la naiſſance, pour le mérite
militaire, pour les arts libéraux
& méchaniques, confondus aſſez
mal-à-propos ; nous n'en avons
aucune pour la juriſprudence, la
politique, l'adminiſtration ; aucune pour le bas peuple.

Je diſcutois, il y a quelques
années, le point que je traite actuellement, avec un grand miniſ-

tre d'une cour étrangere qui réu-
niſſoit à toutes les qualités du
cœur, un eſprit infini & la plus
vaſte étendue de connoiſſances :
il me dit que mon ſyſtême étoit
ſpécieux, mais faux ; qu'on ne
devoit pas s'embarraſſer des graces, parce qu'elles alloient toutes ſeules, qu'elles rencontroient
beaucoup moins d'obſtacles, &
que tous les gens en place y étoient
naturellement portés ; que le véritable art des gens en place étoit
l'art des refus ; & qu'ils devoient
s'occuper bien plus ſérieuſement
des punitions, auxquelles leur
cœur répugnoit ſans ceſſe, & pour
leſquelles ils devoient être bien
plus en garde contre leurs affections particulieres ; & leur clémence naturelle qui les portoit
à pardonner. Ce miniſtre ne m'a
point perſuadé, ſon cœur parloit
dans ce moment là plus que ſon

esprit ; il jugeoit de tous les cœurs
par le sien.

J'aime bien mieux un propos
que me tint, il y a long-tems, un
grand politique, sujet d'une ré-
publique infiniment déchue de sa
puissance & de son lustre : « Chez
» nous, me dit-il, si l'on fait
» bien, on n'en a pas davantage ;
» si l'on fait mal, on n'en a pas
» moins. Voilà la cause de notre
» décadence «.

On trouve dans l'histoire des
derniers siecles, une foule de délits d'état impunis, ou mal punis,
& tout autant de belles actions,
point ou mal récompensées. Et
je demeure convaincu que nous
ne connoissons pas bien l'usage
de la clémence & de la sévérité,
de la munificence & de l'économie, ni les justes proportions entre
les peines & les délits, les graces
& les mérites ; & je crois que les

exemples de récompenfes qui donnent l'émulation aux bons, font auffi néceffaires que les exemples de punitions qui impriment la terreur aux méchans. La crainte des châtimens peut faire des efclaves obéiffans & foumis ; mais l'efpoir des récompenfes & de la gloire, peut feul produire les grands hommes & les héros.

CHAPITRE XIX.

Des Désirs immodérés.

Je suis marié, je n'ai jamais eu d'enfans, je ne suis point jaloux de ceux qui en ont, & j'aime beaucoup ceux des autres. Une dame qui occupe un appartement vis-à-vis du mien a un charmant petit enfant de deux ans, avec lequel je m'amuse quelquefois à jouer pendant des heures entieres. Nous sommes amis intimes. J'ai toujours pour lui dans mon secrétaire des bombons & des gimblettes. J'ai su si bien me mettre à sa portée, qu'il croit que je n'ai que deux ans, & joue aussi librement avec moi qu'avec son contemporain. Il y a quelques jours étant chez moi occupé

occupé à écrire , j'entendis tout-
à-coup mon petit ami pleurer &
jetter des cris horribles ; je cou-
rus à lui , armé d'un cornet de
bombons , pour tâcher de le confoler , & de diffiper fon chagrin
par mes careffes. Je lui préfentai
mon cornet , il le jetta à terre avec
rage , en redoublant de hurlemens ,
& criant fans ceffe *grand dada*. Je
demandai à la mere fi fon enfant
étoit malade , s'il fouffroit , s'il
faifoit des dents. Elle me répondit qu'il n'y avoit pas un mot de
tout cela , mais qu'elle l'avoit mené le matin avec elle en voiture
au fauxbourg S. Germain ; qu'en
paffant fur le Pont - Neuf il avoit
vu par la portiere la ftatue équef-
tre de Henri IV , qu'il appelloit
le *grand dada* , & que dès cet inftant il n'avoit ceffé de pleurer &
de crier pour l'avoir. Me voyant
dans l'impoffibilité de donner à mon

petit ami ce joujou-là pour féchet
fes larmes, je le quittai, je l'a-
bandonnai à regret à fon défefpoir, & rentrai dans ma chambre en faifant des réflexions fur
la folie de certains hommes qui fe
regardent comme fouverainement
infortunés de ne pouvoir pas pofféder ce qui leur eft abfolument
impoffible d'obtenir.

La fable nous apprend que Pi-
gmalion feroit mort de chagrin,
fi une divinité compatiffante n'é-
toit venue à fon fecours, & n'avoit
animé fa ftatue dont il étoit devenu amoureux. Nous avons vu un
petit particulier mourir d'amour
pour une grande princeffe. La vie
d'un grand homme a été empoi-
fonnée par le défefpoir de ne pouvoir devenir un légiflateur fameux.
Un financier célèbre qui s'étoit
blazé de bonne heure fur tous les
plaifirs de la vie, a fini par mou-

rir de défefpoir de n'être pas né gentilhomme ; il eft mort de roture , maladie bizarre que les généalogiftes , dit - on , favent guérir , mais pour laquelle les médecins n'ont encore trouvé aucun remede.

Combien d'hommes illuftres fe font rendus malheureux toute leur vie par des defirs immodérés ! le dénombrement en feroit faftidieux.

Tous les gens de cette efpece ne font-ils pas de grands enfans , qui, comme mon petit voifin, fe défolent de ce qu'on ne veut pas leur donner le cheval de bronze ?

CHAPITRE XX.

Des divers Bâtimens.

Lorfque le czar Pierre le Grand
vint à Paris, quelqu'un lui demanda comment il trouvoit cette
capitale ? il répondit que s'il en
avoit une pareille, il feroit prefque tenté d'y mettre le feu, de
peur qu'elle n'abforbât fon empire ; & Paris eft augmenté d'un
tiers depuis Pierre le Grand. Ce
prince penfoit fans doute, comme bien des gens, qu'une trop
grande capitale eft un gouffre où
tout reflue, & qui engloutit tout ;
il la regardoit comme une maniere de vampire qui fuce & exténue
les provinces, comme le foyer du
luxe & de la corruption des mœurs,

& par conséquent comme une des causes de la décadence d'une monarchie. Il est en politique un axiome incontestable & généralement reçu, que l'état le plus heureux n'est pas celui qui est le plus riche, mais celui où les richesses sont le mieux distribuées, & que l'activité de la circulation du numéraire peut seule établir cette distribution équitable qui fait le bonheur de la société. L'argent doit être regardé comme le sang de l'état ; le corps politique commence à languir, sa constitution s'altere, quand l'argent passe des provinces à la capitale ; tout est perdu dès qu'il passe de la capitale à la cour, c'est le reflux & l'engorgement du sang dans la tête ; l'apoplexie est infaillible.

Une trop grande capitale seroit donc infiniment nuisible à l'état, si la circulation du numéraire venoit à s'y concentrer, & si elle en regorgeoit lorsque les provinces en seroient dépourvues. Mais on oppose à cela que les deux états les plus florissans de l'Europe, la France & l'Angleterre, ont les deux plus grandes capitales de cette partie du monde, & que ces deux immenses villes, bien loin d'absorber la substance des provinces, les enrichissent & les font prospérer; qu'elles sont le centre des arts, le magasin de toutes les connoissances, le berceau de toutes les découvertes & de tous les projets utiles qui répandent dans les provinces l'abondance & la prospérité. Il faut observer cependant que Paris, quant à ce point, ne peut pas être mis en comparaison avec Londres; que la navigabilité de la Tamise a rendu une ville maritime, où le commerce & la navigation donnent à la circulation du numéraire une activité dont Paris n'est pas susceptible. La discussion d'une question aussi importante meneroit fort loin. Il y auroit trop de choses à dire pour & contre, & j'y renonce.

Mais ce qu'il y a de certain, c'est que dans le moment où j'écris, on compte dans Paris environ trente-quatre mille écriteaux de maisons ou d'appartemens à louer ; ce qui prouve sans replique, que cette ville est déjà trop étendue en raison de sa population, & que le nombre de logemens y excede de beaucoup celui des habitans. Les maisons des Quinze-Vingts, celles qui entourent la nouvelle comédie Italienne, n'ont encore pour locataires que des filles. Les augmentations immenses des fauxbourgs sont presque désertes ; malgré cela la passion du bâtiment possede tous les

capitaliftes. On ne ceffe de bâtir ;
& toujours affez mal ; l'intérêt
aveugle. On ne s'occupe que des
moyens de tirer tous les avantages poffibles d'une fpéculation fouvent mal combinée, & l'on ne donne rien à l'embelliffement de la
ville , ni à la commodité des citoyens. On a abattu l'églife des
Quinze-Vingts pour percer la rue
de Rohan , qui eft une prolonga-
tion de celle de Richelieu , la plus
belle de Páris , & l'on a eu l'adreffe
de la faire plus étroite & tortue ,
ce qui préfente une révoltante difformité. On a fi bien arrangé
celles qui conduifent au nouveau
théatre Italien , qu'il n'y en a aucune en face de l'édifice , & que
de quelqu'endroit qu'on y arrive ,
on ne peut voir la colonnade que
par côté. Toutes les maifons qui
bordent ces nouvelles rues font d'u-
ne hauteur énorme , qui y gêne le

courant de l'air, empêche les rayons du soleil d'y pénétrer jamais, & y entretient sans cesse une humidité nuisible, qui les rend mal-propres & mal saines. Le roi bienfaisant par lequel nous avons le bonheur d'être gouvernés, frappé sans doute de tous les défauts de la capitale, vient de publier un édit sage & utile, qui fera certainement de Paris une ville superbe, salubre & commode, en lui donnant des rues plus larges & des maisons plus basses, plus régulieres, plus solides & plus agreables. Mais malheureusement il faut huit ou dix siecles pour que les générations futures puissent recueillir le fruit de ses vues paternelles, duquel il n'est pas en son pouvoir de faire jouir ses contemporains,

Le luxe des logemens en a remplacé plusieurs autres ; on est au-

I. v.

jourd'hui vêtu très-modeftement ;
les voitures font on ne peut plus
fimples ; mais on veut être ma-
gnifiquement logé , fouvent fort
au-deffus de fa condition , quelquefois même ridiculement & in-
décemment , en raifon du rang que
l'on occupe dans le monde ; c'eft
moins par raifon de commodité &
d'agrément , que par raifon de fafte , & pour relever la dignité de
fon état. Ce vertige a gagné même
toutes les régies : elles ne devoient
avoir & n'avoient autrefois que des
bureaux , elles ont aujourd'hui des
hôtels. C'eft l'hôtel des fermes ,
l'hôtel des poftes , l'hôtel des do-
maines , l'hôtel de la régie , l'hôtel
de la recette ; que dis-je ? l'hôtel
des meffageries , l'hôtel du rou-
lage. Une compagnie qui fe charge de toutes les commiffions de
gens qui n'ont point de corref-
pondans à Paris , a mis en gran-

dés lettres d'or fur la porte de la maifon qu'elle occupe dans la rue neuve Saint-Auguftin, *Hôtel de la correfpondance générale, nationale & étrangere.* La vanité tourne aujourd'hui toutes les têtes. On n'ofe prefque plus fe faire annoncer en bonne maifon fans un titre de marquis, de baron ou de comte. Des décroteurs & des tondeurs de chiens ont des enfeignes fur le Pont-Neuf ; un homme qui rôtit des marons à côté du petit paffage du Palais Royal, a une grande enfeigne, & fi cet homme fait fortune, comme il n'y a pas lieu d'en douter, & donne plus d'extenfion à fon commerce, il fe logera convenablement, & je ne défefpere pas de voir un jour en lettres d'or fur fa porte, *Hôtel de la rôtifferie des marons.*

L'aimable auteur du petit Tableau de Paris, dit, comme moi,

I vj

que Paris eſt trop grand , & que
dans cinquante ans on n'ira plus
dans cette capitale , qu'à cheval
ou en voiture ; mais il prévoit
que plus il y aura de maiſons ,
moins il y aura d'habitans ; parce
que la poulation eſt toujours en
raiſon de l'aiſance , & que plus le
luxe élevera & embellira les de-
meures , moins il y aura de ri-
cheſſes. Il ajoute cette réflexion ,
qu'un million placé dans le commerce ou dans l'agriculture augmente ſans ceſſe , & qu'un million employé en conſtructions perd
toutes les années un centieme de
ſa valeur.

Si la prophétie de cet écrivain
ſe réaliſe , on verra Paris diminuer inſenſiblement à force de s'ag-
grandir , & ce ſera le mal même
qui aura fourni ſon remede.

CHAPITRE XXI.

Des Convives.

On a remarqué de tout tems
dans les ports de mer que lorsque
l'on arme un navire, les rats qui
se destinent à faire la campagne
s'embarquent par le cable le jour
où l'on embarque les vivres, &
se débarquent de même au retour
du voyage, le jour où l'on enle-
ve du bord le reste des provisions.
Les gens qui donnent à manger à
Paris, sont des especes d'armateurs
qui éprouvent à peu-près la même
chose de la part de leurs convives,
qu'on peut comparer aux rats de
l'armement. Dans cette grande capitale, tous les gens opulens, &
qui ont ce que l'on appelle une

maifon montée, défignent des jours fixes où ils donnent à dîner & à fouper, & ferment affez communément leur porte tout le refte de la femaine. Ces reftaurateurs gratuits font peu attachés à leurs pratiques habituées, & affez indifférens fur le choix ; toutes les perfonnes préfentées chez eux peuvent y aller quand bon leur femble, pourvu que leur dîner ou leur fouper foit mangé, ils font contens ; & leur objet eft rempli dès que le nombre de leurs couverts eft occupé. On eft étonné d'entendre fouvent une maîtreffe de maifon déchirer impitoyablement quelqu'un avec qui on a dîné ou foupé chez elle peu de jours auparavant. Ce quelqu'un paroît dans le moment où il eft queftion de lui : on eft bien plus furpris de voir cette même maîtreffe de maifon qui vient d'en parler comme d'un perfonnage ennuyeux & mauſſade, l'accueillir avec le même empreſſement, lui faire les mêmes honnêtetés, lui marquer les mêmes égards qu'aux perſonnes qui ſemblent lui être les plus agréables. Il eſt aſſez mortifiant pour des gens qui mettent du leur dans la ſociété, & qui ont de quoi faire rechercher leur commerce, de ſe voir traiter au pair des plus indifférens, & de ne pas appercevoir la plus légere nuance de diſtinction. Mais auſſi il faut être de bon compte, & avouer que ces maîtres de maiſon éprouvent de la part de leurs commenſaux un parfait retour d'indifférence. Comme ils ne donnent communément à manger que par oſtentation, ou pour ſe conformer à un uſage reçu, on va plutôt chez eux pour leur table que pour leur ſociété ; & ſi quelque raiſon particuliere les met dans le cas de ſupprimer cet ob-

jet de dépense, ils font entiérement abandonnés par leurs convives les plus affidus : les rats fe débarquent dès qu'il n'y a plus de vivres dans le navire. Je demandai,
il y a quelque tems, à un homme
très-connu dans ce pays-ci, pourquoi il ne voyoit plus un de nos
amis communs ? Il n'a plus de table, me répondit-il du même ton
qu'il auroit pu me dire, il eſt mort.
Cet homme avoit ceſſé d'exiſter
pour lui dès qu'il avoit retranché
ſes feſtins. Il étoit mort, non de
la mort phyſique, ni civile, mais
de la mort menſale. Ne vaudroit-
il pas bien mieux pour ces honnêtes gens, qu'au lieu de faire une
ou deux fois par femaine une im-
menſe dépenſe pour avoir une foule
de convives fans choix, preſque
toujours les premiers venus, ils
raſſemblaſſent un petit nombre d'a-
mis d'élection, qui viendroient di-

ner ou fouper avec eux pour eux-
mêmes, & leur formeroient une
fociété agréable & fûre, au fein
de laquelle ils goûteroient les douceurs de la cordialité & de l'amitié ? Il arrive au contraire que l'ennui les pourfuit fans ceffe au fein
de leurs tumultueufes affemblées ;
le luxe & la bonne chere prodigués
avec cette indifférente univerfalité,
leur attirent le monde, & ne leur
attachent qui que ce foit. Après
avoir follement dépenfé dans le
cours de leur vie des fommes qui
auroient pu faire la fortune d'une
foule de malheureux, ils meurent
fans être regrettés de perfonne,
& fi quelques friands ou quelques
gourmands s'avifent de pleurer leur
perte, toutes ces larmes fe répandent fur leur cuifine & fur leur ca-
ve, on n'en voit pas couler une
feule fur leur tombeau.

J'obferve avec étonnement à quel

point la gourmandife a repris depuis quelque tems dans la bonne compagnie. On voit beaucoup de gens regarder leur menu comme une importante affaire, le diéter eux-mêmes, faire pour cela tous les jours un travail férieux avec leur maître-d'hôtel ; raconter avec complaifance en fociété les détails d'un bon repas qu'ils ont donné ou reçu, & faire leur unique occupation d'avoir bonne chere chez eux, & de la trouver chez les autres. Si les gens du bon ton avoient un eftomac, ce goût feroit encore des progrès bien plus rapides.

La gourmandife avoit fait autrefois de la vieille maréchale de ***, une très-favante géographe ; il n'y avoit pas fur le globe une ville, un bourg, un village, dont le territoire produifit quelque chofe de recherché en mangeaille ou en boiffon, dont elle ne fût en

état de déterminer la pofition to-
pographique, la longitude & la la-
titude. Elle faifoit travailler fur fes
mémoires à un atlas du gourmand;
mais la mort la furprit avant que
cet important ouvrage fût terminé.

Je me fouviens toujours avec
plaifir d'un trait de gourmandife dont
j'ai été témoin. Un vieux feigneur
Hongrois, nommé le baron Zay,
qui avoit pendant longues années
verfé fon fang & diffipé fa fortune pour la caufe de la malheureu-
fe famille Ragotzki, que La Porte
avoit tenté plufieurs fois de remettre en poffeffion de la Tranfilva-
nie, & dont elle ne manquoit pas
de montrer toujours à l'Autriche un
rejetton comme un prétendant dont
elle faifoit revivre les droits au commencement de chaque guerre; ce
baron avoit fini par fuivre le fort
du dernier Ragotzki, & venir avec
lui à Rodofto, partager les libé-

ralités du fultan. Il paffoit fa vie
à Conftantinople, où l'excellente
chere qu'il trouvoit chez les miniftres étrangers, & les vins délicieux dans lefquels il noyoit fes
chagrins, lui faifoient oublier toutes fes infortunes. Il étoit plein de
courage, de nobleffe & de candeur,
mais de la plus profonde ignorance. Le baron Zay & un livre étoient
deux êtres qui de mémoire d'homme ne s'étoient jamais rencontrés.
Le feu comte des Alleurs, alors ambaffadeur à Conftantinople, allant
un jour au village de Belgrade, où
il avoit fa maifon de campagne,
& traverfant la forêt de ce nom,
apperçoit dans un lieu reculé du
bois, un homme affis, lifant, &
paroiffant abforbé dans la plus profonde méditation. Il reconnoît le
baron, defcend de voiture, court
à lui, & lui demande quel objet
avoit pu le porter à fe recueillir

& à venir méditer dans ce lieu folitaire & fombre ? » Un ami, lui ré-
» pondit-il, m'avoit donné autre-
» fois à Paris une délicieufe ma-
» niere d'accommoder les cham-
» pignons ; j'ai perdu la recette,
» & je parcours ici attentivement
» le cuifinier François pour tâcher
» de la retrouver «. Cette fingularité racontée par la comte des Alleurs avec ces graces & cet agrément qu'il favoit répandre dans
toutes fes narrations, amufa infiniment toute la fociété.

CHAPITRE XXII.

De l'amour des Lettres.

Toutes les paſſions , tous les goûts dont le cœur de l'homme eſt ſuſceptible , ont leur âge & leur terme ; ils procurent des plaiſirs paſſagers , mêlés de peines , accompagnés de dégoûts , & ſouvent ſuivis d'amertume. La guerre , la chaſſe , l'amour n'ont qu'un tems ; la moiſſon des lauriers de Mars & des mirtes de Vénus n'a qu'une ſaiſon. L'amour des lettres s'aſſortit à tous les âges , à tous les états , à toutes les conditions , à tous les caracteres. Bien différent des autres , plus on s'y livre , & plus on en goûte les douceurs ; la variété piquante des plaiſirs qu'il

offre prévient les dégoûts de la satiété ; il instruit l'enfant , éclaire
l'homme , console le vieillard ; on
le voit souvent calmer les douleurs
du malade , dissiper les langueurs
du valétudinaire. Il fournit à l'homme du monde de quoi briller dans
les cercles , à l'homme retiré de
quoi chasser l'ennui de sa solitu-
de ; le riche en fait un capital d'a-
musement, le pauvre , un moyen
d'existence. On peut même compter dans les fastes de la littérature une foule de lettrés auxquels
les lettres ont ouvert le chemin
de la fortune. L'amour des lettres n'est point semblable à ces autres passions qui occupent l'homme tout entier , & ne souffrent
point de rivales. Il se marie avec
tous les goûts, il s'associe avec
toutes les occupations. Alexandre,
l'homme le plus passionné pour la
guerre, & le plus grand des con-

quérans, ne dédaigna pas de cul-
tiver les lettres ; il tenoit à côté
de son chevet ses armes & le poëme d'Homere enfermé dans une
caffette d'or. Il reprochoit à Ariftote
d'enfeigner à d'autres ce qu'il lui
avoit promis de ne révéler qu'à
lui feul , & paroiffoit auffi jaloux
des fciences qu'il tenoit de lui , que
des royaumes qu'il avoit conquis.
Marc-Aurele travailloit avec autant de zele à acquérir la réputation de grand philofophe , que celle de grand empereur. Mécene dé-
roboit aux affaires de l'empire le
tems de lire tous les vers qu'on
lui préfentoit. François premier ré-
compenfoit avec une égale libéra-
lité la bravoure du chevalier Ba-
yard , les faveurs de la duchefle
d'Etampes , & le Grec d'Amiot.
Nous voyons aujourd'hui les lauriers de Mars & ceux d'Apollon
réunis fur le front glorieux du grand
Frédéric

Frédéric. Que dis-je ? l'amour des lettres n'a pas dédaigné de se loger quelquefois dans les cœurs les plus corrompus ; Néron fut poëte, homme de lettres, & ami des arts. L'amour des lettres, enfin, est le magasin & l'aliment de la conversation. Et qu'est-ce que la conversation ? c'est le principal & le plus doux lien de la société ; c'est l'ornement de la beauté chez les femmes, l'annonce de l'esprit & du mérite chez les hommes, la seule ressource & l'unique consolation qui reste aux deux sexes dans l'âge avancé. On ne sauroit disconvenir que la lecture & la conversation sont également nécessaires l'une à l'autre, & se prêtent un secours mutuel. Converser sans lire, c'est vouloir bâtir sans matériaux ; lire sans converser, c'est amasser sans cesse des matériaux sans jamais bâtir. La lecture nous apprend ce que les au-

K

teurs ont penſé ; la converſation
nous aide à diſcerner s'ils ont penſé juſte, ou s'ils ont donné dans l'erreur. En liſant, on ſe prévient ſouvent pour ou contre le livre qu'on
lit ; c'eſt en converſant, en mettant au jour ce qu'on a lu, riſquant
ſes réflexions & les comparant avec
celles des autres, qu'on parvient à
juger ſainement, & à tirer de l'é-
tude tout le fruit qu'on en peut eſpérer. En un mot, la communi-
cation des idées forme les hommes
peut-être plus que la lecture, qui
doit cependant être la baſe de la
converſation dont l'eſprit & l'imagination ne peuvent pas toujours
faire les frais. Quelque vive que
ſoit la lumiere d'une lampe, elle
s'affoiblit peu-à-peu, & ne tarde
pas de s'éteindre ſi on la laiſſe manquer de matiere combuſtible. Un
homme a ſouvent en lui le germe de
divers talens dont il ne ſe doute

pas, & il n'en doit la découverte
qu'à l'occasion que les autres lui
fourniffent de les développer. On
eft plus d'une fois redevable des
idées les plus fublimes à une converfation lumineufe; & la plupart
des hommes peuvent être compa-
rés à des pierres à fufil qu'il faut
battre pour en tirer du feu.

Après avoir réfléchi fur les nombreux & immenfes avantages que les
lettres procurent aux hommes, j'ai
peine à concevoir comment des lettrés illuftres ont ofé fe permettre
d'en dire du mal. J. J. Rouffeau
a écrit contre les lettres ; hélas !
qu'eût-il été fans elles ? Un homme
de condition que la nature a doué
de tous les talens & de tous les agrémens qu'un mortel peut réunir,
& qui fans avoir fait fon état de
la littérature, l'a cultivée avec le
plus grand fuccès, a dit dans un
de fes ouvrages intitulé, le petit

K ij

Tableau de Paris : » La littérature
» n'eſt plus qu'une vieillerie dont
» les académiciens ſe ſouviennent
» comme d'un rêve, que les phi-
» loſophes dédaignent comme fri-
» volité, que les demi-eſprits en-
» tretiennent comme une reſſour-
» ce «. Et dans un autre paſſage
il a ajouté : » On diſoit autrefois
» que les lettres ne donnoient pas
» préciſément un état, mais qu'el-
» les en tenoient lieu, & procu-
» roient des diſtinctions que des
» gens très-ſupérieurs n'obtenoient
» pas toujours. Cette mode eſt
» paſſée, la derniere génération
» n'obtient que des ridicules «. Cet
auteur eſt bien ingrat, de dire du
mal des lettres qui ont perfection-
né chez lui l'ouvrage de la nature, & qui ſe ſont miſes de moitié
avec elle pour faire de lui un des
êtres les plus aimables qui exiſtent.
L'étroite amitié qui m'attache à lui

ne fauroit me faire illufion fur une opinion à laquelle la charge de fon tableau ne fauroit me ramener : je vois les plus grands princes s'empreffer à l'envi de donner à M. d'A...., à M. D...., à M. de B...., des marques de l'eftime la plus diftinguée. Je vois chez tous les peuples de l'Europe les gens qui compofent ce qu'on appelle la haute littérature, honorés, accueillis, careffés par tous les grands, & jouiffant de la plus haute confidération, bien loin d'être couverts de ridicule. D'ailleurs, il ne faut pas accufer les lettres des fautes, des défauts ou des vices des lettrés. On peut, avec quelque juftice peut-être, déclamer contre ceux-ci, tonner contre leur perpétuelle défunion, contre l'envie qui les dévore, contre la jaloufie qui les anime, & les porte à fe déchirer fans ceffe les uns les

K iij

autres. Mais il faut avouer en même tems que s'ils n'obtiennent pas toujours les distinctions qu'ils méritent, c'est parce qu'ils sont sans cesse occupés à se dégrader mutuellement par leurs continuelles dissentions; & que s'ils ont des ridicules, ce ne sont pas les lettres, mais eux-mêmes qui se les donnent réciproquement.

Si les gens de lettres savoient se réunir & s'entendre, que ne feroient-ils pas? quels biens ne pourroient-ils pas opérer? combien n'influeroient-ils pas sur l'esprit & les mœurs de leur siecle? Qu'on jette les yeux sur la révolution qu'a faite un seul homme de lettres. On en a peu vu d'aussi étonnante, d'aussi honorable, ni d'aussi utile à l'espece humaine. Ses écrits ont soufflé l'esprit d'humanité & de tolérance à tous les rois, & ont mis les peuples sous l'égide de la phi-

lofophie de leurs fouverains. Pour
moi, je déclare que je ne croirai
au danger, à l'inutilité, à la frivo-
lité des lettres, que lorfqu'on m'aura montré dans l'hiftoire des fiecles
illitérés, une collection de rois
contemporains qu'on puiffe mettre
à côté de celle que nous voyons
aujourd'hui en Europe. Et je crois
au contraire très-fermement qu'un
affortiment de monarques, tel que
celui de Louis XVI, de Jofeph II,
de Catherine II, de Frédéric II,
de George III, de Guftave III,
& de Victor-Amedée, n'eft dû
qu'aux progrès des lettres, de la
philofophie & de la raifon.

K iv

CHAPITRE XXIII.

De la Mort.

On parloit un jour de la mort dans un cercle de gens de qualité ; on y répétoit tous les propos ordinaires que cette triste matiere a coutume d'amener. Feu M. le marquis d'Argenson, ministre des affaires étrangeres, qui se trouvoit dans cette assemblée, & que cette conversation ennuyoit, la fit cesser par une gaieté que je n'ai jamais oubliée. » Tout le » monde est persuadé, dit-il, » qu'il est très-difficile de mou- » rir ; je le crois comme les au- » tres, cependant je vois que » tout le monde s'en tire «.

Cela est vrai pour le commun

des hommes, pour cés êtres nuls
qui n'ont jamais été en évidence,
qui naiſſent & meurent ſans être
apperçus, dont l'hiſtoire ſe réduit à deux circonſtances, qu'ils
ſont nés un tel jour, & morts
un tel autre ; pour ces hommes
que les Anglois appellent ingé-
nieuſement les *blancs* de la ſociété. Mais je ne crois pas qu'il
ſoit très-aiſé de mourir pour les
gens qui ont joué dans ce monde
un rôle dans quelque genre, &
ont quelque prétention à la gloire
& à la réputation. Le marquis
de Vauvenargue a dit dans ſes
Penſées, que la conſcience des
mourans calomnie leur vie. Il eſt
certain que la maniere dont un
homme meurt peut accroître ou
diminuer infiniment ſa célébrité.
La foibleſſe, les craintes, les
préjugés, le déſeſpoir qu'un mou-
rant laiſſe appercevoir à ſa der-

K v

niere heure peuvent ternir le luftre de la plus belle vie. Je parlois un jour d'un de nos plus grands ambaffadeurs à un médecin Italien plein d'efprit , qui l'avoit traité dans fa derniere maladie: *Ha vif-ciuto* , me dit-il , *da nomo grande, ma e morto da coglione*; on exige par-tout qu'un homme célebre meurt avec courage & fermeté: en France on va même plus loin, on veut qu'il meure avec grace; c'eft un calice infiniment amer , qu'il faut encore qu'il avale fans grimacer; & cela n'eft pas facile. On a de la peine à envifager la deftruction imminente de fon être , la rénonciation à tous les avantages de la vie , fans montrer un peu d'humeur, & le public ne pardonne pas cette humeur à un homme d'un cer-tain ordre. » Monfieur , difoit le » bourreau de Paris à un patient

» affez brufque qu'il menoit pendre,
» il ne fuffit pas d'être pendu ,
» il faut encore être honnête «.

L'idée de la mort eft défagréable & repouffante ; mais pour pouvoir conferver dans ce moment terrible la tranquillité , la préfence d'efprit, la gaieté même, pour pouvoir envifager la mort fans effroi , demeurer maître de foi-même jufqu'au dernier foupir, & mourir enfin avec quelque diftinction , je crois qu'il faut abfolument fe familiarifer avec elle, y penfer fouvent, & éviter d'en être furpris. Cette idée calme infiniment les paffions dominantes , étouffe une foule de defirs paffagers, aide à endurer tous les maux , à fouffrir toutes les adverfités , à fupporter toutes les traverfes, & doit néceffairement contribuer à rendre l'homme meilleur & plus heureux. Cette pen-

K vj

fée m'occupe fort souvent, sans
rien prendre sur ma gaieté naturelle. Les petits chagrins me per-
cent jusqu'à l'ame, me mettent
au désespoir, par cela même qu'ils
ne sont pas assez forts pour me
faire appeller à mon secours l'idée
de la mort. Les grands malheurs,
les désastres, qui me forcent de
recourir à ce puissant remede, ne
font que m'effleurer, je ne les sens
pas.

Les hommes sages de tous les
ordres devroient visiter souvent
les églises, les cimetieres, les char-
niers, ces vastes magasins de
la mort, où l'on peut contempler les grandes scenes de la
nature, & méditer sur les mau-
solées, les tombeaux, les sé-
pultures des rois, des généraux,
des ministres, des philosophes,
des poëtes, des maîtresses & des
mignons des souverains, des ri-

ches , des pauvres , des hommes
obfcurs ; ils y verroient la grandeur & la mifere , la gloire & l'obf-
curité , l'élévation & la baf-
feffe , la fageffe & la folie , l'efprit & la bêtife , la beauté & la
laideur , la jeuneffe & la vieilleffe ,
la richeffe & l'indigence mifes au
même niveau par la mort ; ils y
verroient des tas d'offemens de
toutes les conditions & de toutes
les dates, accumulés & confondus ,
offrir des confolations aux hommes de tous les âges , de tous les
états , de tous les tempéramens ,
de tous les caracteres, en leur prou-
vant que tous les hommes font
égaux vis-à-vis de Dieu , & contemporains vis-à-vis de l'éternité.
: Un vieux capitaine de grena-
diers d'un des régimens qui fe trou-
verent à la mémorable journée de
Fontenoi , avoit fouvent entendu
les jeunes officiers du corps fe plain-

dre de la longévitude de ceux de
la tête ; & de la difficulté d'arriver aux compagnies. Il en avoit confervé un peu de rancune ; & quand
le régiment fut fur le point de
de donner , il leur adreffa ce petit difcours : » allons , mes amis ,
» leur dit il , voici un beau mo-
» ment de gagner des compa-
» gnies ; pour moi , c'eft aujour-
» d'hui le plus beau de mes jours ;
» je fuis auffi jeune que vous ,
» la mort , qui nous menace tous
» également , nous met tous au
» même niveau ; nous fommes au-
» jourd'hui tous du même âge «.

Ce n'eft pas qu'on puiffe dire
que l'idée de la mort foit con-
folante par elle-même ; elle eft
affligeante , effrayante , & ce n'eft
qu'en préfentant une perfpective
terrible qu'elle abforbe & fait dif-
paroître tous les autres objets ;
c'eft parce que l'afpect d'un très-

grand mal fait oublier les petits ;
que la penſée de la mort conſole
des amertumes de la vie. Les
Turcs ont un excellent proverbe ,
pour exprimer qu'on ne peut ſou-
mettre un homme à des conditions dures dans un traité , ſans
lui en faire craindre de plus dures
encore ; ils diſent qu'il n'accep-
tera jamais la fievre d'accès , ſi
on ne lui montre la peſte. Il eſt
certain qu'un homme qui ſeroit
pourſuivi par le ſerpent ſonnette ,
fouleroit aux pieds en fuyant ,
ſans ſeulement y prendre garde,
des araignées, des ſcorpions, des
tarentules , des viperes qu'il trouveroit ſur ſon chemin.

DIALOGUE

Entre un GUÉBRE *&* un PARISIEN.

LE PARISIEN. Hé ! bon jour, l'ami de Perse ! Où diable avez-vous donc été pendant si long-tems ? il y a un siecle qu'on ne vous a vu nulle part : je vous ai cherché inutilement à tous les spectacles, dans toutes les promenades, dans toutes les maisons où nous nous rencontrons quelquefois. J'ai cru que vous étiez retourné à Ispahan.

LE GUÉBRE. Vous m'avez cherché par-tout, excepté chez moi, où vous m'auriez trouvé ; car il y a trois mois que je n'ai pas quitté la chambre : j'ai été retenu par une fluxion de poitrine, & ma convavalefcence a été fort longue.

LE PARISIEN. Que me dites-vous-là, mon ami ? on ne va pas chercher chez lui un homme répandu. J'ai envoyé deux fois mon laquais demander de vos nouvelles : il m'a bien dit que vous étiez incommodé ; mais fi j'avois pu penfer que cela fût férieux, je vous aurois fait une vifite. Allez donc à la campagne, mon cher ! le changement d'air vous rétablira.

LE GUÉBRE. Je l'ai imaginé de même : je me fuis décidé à aller refpirer mon air natal ; & je fuis venu prendre congé de vous.

LE PARISIEN. Pour retourner à Ifpahan ? quelle idée ! parbleu, voilà une bonne folie ! vous êtes, fans doute, venu à Paris pour vous former ? vous commencez à parler affez joliment le François ; vous prenez peu-à-peu des manieres, le bon ton : & vous voulez vous arrêter en fi beau chemin !

LE GUÉBRE. J'avouerai, fans fatuité, que j'ai fait à Paris quelques progrès. Cette ville me plaît affez: les mœurs y font douces, la fociété attrayante, les fciences & les arts y font pouffés au plus haut degré de perfection ; mais je n'y trouve aucun agrément capable de racheter les horreurs du climat. Je ne conçois pas comment une ville auffi immenfe a pu fe former fous un ciel auffi déteftable ; elle a fans doute été fondée par des chaffeurs aux canards, dont les cabanes, au bord de la riviere, ont été les premieres habitations. Ma conftitution ne peut pas fe faire à ce pays-ci ; ces pluies continuelles, ce froid humide, prennent fur mon tempérament : & encore faut-il avoir une religion.

LE PARISIEN. Eh ! qui vous empêche ici de profeffer la vôtre ? Etes-vous en Portugal ou en Efpagne ? il

n'y a point d'inquifition à Paris. No-
tre gouvernement eft affez tolérant : il n'autorife pas expreffément l'exercice des autres reli-
gions ; mais il ferme affez volontiers les yeux ; & chacun eft à-
peu-près maître de fervir Dieu à
fa guife.

LE GUÉBRE. Vous en parlez à
votre aife : vous pouvez aller à la
meffe tous les jours, fi vous voulez ;
& fi vous n'y allez pas, c'eft votre
faute : vos égilfes font ouvertes
tous les jours & à toutes les heures ; mais mon temple, à moi,
eft fermé ici toute l'année : le ciel
eft toujours couvert ; & depuis
huit mois que je fuis à Paris, je
n'ai pas encore pû avoir le bonheur de contempler l'aftre du jour,
auquel je dois mon adoration, ni
de pouvoir lui adreffer ma priere.

LE PARSIEN. A propos, oui,
vous adorez le foleil ; mais, mon

ami, abjurez donc ce culte ridicule! votre Zoroaftre étoit un vieux radoteur. Eft-ce que le foleil eft fait pour la bonne compagnie ? c'eft la divinité des gueux qui n'ont ni bois, ni équipages. Les gens du bon ton ne le voient point ; ils fe levent quand il fe couche, & fe couchent quand il fe leve : je connois je ne fais combien de jolies femmes qui ne l'ont feulement pas entrevu depuis qu'elles font mariées ; c'eft bien une preuve qu'on peut fe paffer de lui.

Le Guébre. Je conviendrai avec vous, fi vous voulez, qu'il pourroit bien fe faire que le foleil ne fût pas Dieu ; mais vous ne me nierez pas qu'il eft du moins fon plus bel ouvrage, & qu'il mérite toute notre reconnoiffance & notre vénération. C'eft lui qui nous éclaire.

Le Parisien. Fi donc! les affemblées font bien plus brillantes à la bougie.

LE GUEBRE. Mais, vous conviendrez bien qu'il nous échauffe ?

LE PARISIEN. Bon ! nos poëles en encoignures, & nos cheminées à la Franklin, nous donnent une chaleur plus douce, plus agréable & plus commode que la sienne.

LE GUÉBRE. Vous avouerez, au moins, que c'est lui qui nous nourrit, & fait germer & croître toutes les productions de la terre.

LE PARISIEN. Je ne vous conçois pas. Vous ignorez donc qu'avec nos terres, du feu & le thermometre de M. de Réaumur, nous avons toutes sortes de fruits dans toutes les saisons de l'année ?

LE GUEBRE. Je vous forcerai enfin de confesser, que c'est à lui que vous êtes redevable de ces beaux jours, si rares chez vous, où vous n'avez pas les incommodités de la pluie, où vous jouissez du plaisir de marcher à sec.

LE PARISIEN. Comme il eſt peu-
plé! & pourquoi font donc faites les
voitures, mon ami ? & après tout,
qu'eſt - ce qu'un beau tems couvert, un tems gris : il donne
des journées délicieuſes pour la
campagne.

LE GUÉBRE. Apprenez, mon cher
Pariſien, que ſi la divinité que j'ado-
re n'aidoit pas la terre à produire les
arbres, les fleurs, les herbes &
les grains, vous n'auriez ni bougie, ni chandelle, ni huile pour
éclairer vos brillantes aſſemblées,
ni bois pour échauffer vos encoignures, ni étoffes pour vous
couvrir, ni pain, ni vin, ni vian-
de, ni gibier, ni volaille pour
faire bonne chere, ni chevaux
pour traîner vos voitures : vous
n'auriez pas même la conſolation
d'aller à pied, parce que vous
mourriez de froid & de faim. Vous
affectez de mépriſer le ſoleil, &

vous ne le connoiſſez pas ; il
ſemble même que vous craignez
de le connoître : on voit de doubles rideaux, des ſtores, des abat-
jours dans toutes vos maiſons,
où il ne faut que des gouttieres ;
& cependant, vous rendez à cet
aſtre un hommage bien décidé,
car dès qu'il ſe montre il ne reſte
plus dans vos maiſons que les malades : le haut, le moyen, le bas-
ordre des citoyens, les hommes,
les femmes, les enfans, les vieil-
lards, tout ce qui peut marcher
enfin, court à la promenade, &
rend à ma divinité un culte ta-
cite que vous vous efforcez vainement de déſavouer.

LE PARISIEN. Avec votre belle
diatribe, mon pauvre ami, j'ai bien
peur que vous ne ſoyez toujours
guébre : je déſeſpere de faire jamais
de vous un homme du bel-air. Adorez votre triſte ſoleil ; mais re-

venons à votre maladie : où diable avez vous pêché cette fluxion de poitrine ?

LE GUÉBRE. Je n'ai cessé de grelotter depuis que je suis à Paris : la transpiration, arrêtée par l'humidité & par le froid, m'a causé tous les maux que j'ai endurés pendant près de trois mois.

LE PARISIEN. Quel a été votre médecin ?

LE GUÉBRE. Moi-même. Je me suis tenu chaudement ; j'ai fait une diete modérée : j'ai pris quelques doses d'un élixir que j'ai apporté de mon pays, & que je réservois pour une extrêmité ; ce remede a provoqué la sueur, ramené la transpiration : j'ai eu la patience de garder la chambre jusqu'à mon parfait rétablissement ; & me voilà aussi bien que j'aie jamais été.

LE PARISIEN. Autre erreur, mon cher, de croire que le froid ait été la

cause

cauſe de votre maladie. Sachez qu'en
France, on eſt toujours échauffé;
que toutes les maladies aiguës &
chroniques y procédent d'un grand
feu; & que le régime des rafraîchiſſans eſt le ſeul dont on doive
uſer dans tous les cas poſſibles !
Si j'avois ſu votre état, je vous
aurois mené * * * ; jaurois jetté
votre élixir par la fenêtre ; je
vous aurois mis entre les mains
de cet incomparable médecin, qui,
avec cinq à ſix ſaignées, quelques
bains, des bouillons rafraîchiſſans,
& une diete rigide, vous auroit
tiré d'affaire en un clin-d'œil ; &
le quinzieme jour, au plus tard,
vous auriez pu aller au ſpectacle.

LE GUÉBRE. Mais je me porte
à merveille : qu'eſt-ce que * * *
auroit pu faire de mieux ? il m'auroit exténué, & peut-être envoyé
dans l'autre monde avec ſa doctrine
rafraîchiſſante.

L

LE PARISIEN. Eh bien ! vous feriez mort en homme du bon ton, & vous auriez eu la satisfaction d'être tué par le plus célebre médecin de Paris. Mais quel habit avez-vous donc-là ? me trompé-je ? ah ! le drôle de corps ! Dieu me pardonne, c'est de la ratine : comme le voilà accoutré ! Songez donc, mon ami, que nous sommes encore en Octobre, & qu'on ne peut porter que le petit-velours.

LE GUÉBRE. J'en suis confus ; mais la crainte d'une rechûte m'a fait prendre la ratine un peu plutôt que ne l'ordonne l'étiquette. Vous auriez fait de bien plus grandes exclamations, si vous aviez vu dans mon pays, des fourrures dans la canicule.

LE PARISIEN. Allons donc, vous êtes fou avec votre rechûte & votre canicule ; il vaudroit mieux être à cent pieds sous terre, que de se montrer en ratine avant la toussaints.

LE GUÉBRE. Pour ne plus retomber dans de pareilles incongruités, qui pourroient me perdre de réputation dans ce pays-ci, je vais hâter mon départ, & faire porter mes malles à la messagerie.

LE PARISIEN. C'est donc une affaire résolue ? J'irai peut-être, quelque jour, vous voir chez vous.

LE GUÉBRE. Venez-y. Si je vous tiens aussi long-tems à Ispahan que vous m'avez tenu à Paris, je parviendrai peut-être à vous convaincre, qu'un beau climat est la première richesse de l'homme ; que les productions de la terre ne croissent point à la bougie, ni à la chaleur des encoignures ; que les voitures sont commodes pour les voyages qu'on ne peut pas faire à pied ; mais qu'il est désagréable & mal fain d'être privé fans ceffe de l'ufage de fes jambes, ou, de ne pouvoir s'en fervir que pour barboter dans la boue & dans l'eau : qu'on doit, en toutes faifons, fe découvrir quand on a chaud, & fe couvrir quand on a froid ; que la chaleur n'eft point la caufe unique de toutes les maladies ; que la vie eft chaude, & la mort froide ; & que l'on ne meurt jamais que par la ceffation & l'extinction totale de la chaleur naturelle.

LE PARISIEN. Ecoutez-donc ? je ne ferois pas fâché de faire un tour à Ifpahan ; on dit qu'il y a des femmes charmantes. Mais, non ; on doit étouffer dans ce pays-là ; je n'y vais point. Je vous attendrai ici : les plaifirs de Paris vous y rameneront.

LE GUÉBRE. Adieu, mon très-cher ! fi j'ai le bonheur de for-

tir de votre Paris, je confens d'y
être feffé fi l'on m'y revoit de
ma vie.

DIALOGUE

Entre FULVIE & la MARQUISE de ***.

LA FRANÇOISE. Ecoutez donc , ma belle ancienne ? n'allez pas si vîte ; arrêtez-vous ! quittez un moment votre air antique ; déridez un peu votre figure romaine., & venez caufer avec moi ! je meurs d'envie de jafer. Convenez qu'on s'amufe bien peu dans l'autre monde , je ne m'étonne pas fi nous avions tant de répugnance à y venir : je m'y ennuie à périr ; je n'y ai encore vu que des figures trif-tes & allongées , qui me font bâiller , en fe montrant.

LA ROMAINE. Laiffez moi , babillarde éternelle ! je n'ai pas le

téms d'écouter vos bavardages ; je
fuis occupée de quelque chofe de
plus férieux. Je cherche par-tout
le beau gladiateur dont j'ai raffolé
pendant ma vie: ne l'auriez-vous
pas vu paffer par ici ?

LA FRANÇOISE. Que voulez-vous
donc faire d'un gladiateur ? On ne
meurt qu'une fois, ma bonne ! voulez-vous avoir le plaifir de le voir
expirer encore une feconde fois ?

LA ROMAINE. Ah! que me dites-
vous ? de tous mes amans c'eft celui que j'ai le plus chéri ; & l'a-
mour dont je brûlois pour lui ,
m'agite encore après le trépas.

LA FRANÇOISE. Que fais-je ? j'ai
toujours ouï dire, j'ai même lu là-
haut dans quelques livres, que les
combats de gladiateurs étoient le
plus fuave amufement de vos vi-
lains Romains ; que vos femmes
fur-tout y prenoient un plaifir infini , & que c'étoit elles le plus

L iv

souvent qui ferroient le pouce pour demander qu'on leur donnât la repré-fentation complette par la mort de celui des deux combattans qui avoit fuccombé fous les premieres blef-fures. Fi ! comment un peuple qui fe piquoit fi fort de grandeur d'a-me, d'élévation de fentimens, de goût & de délicateffe pouvoit - il faire fes délices d'un fi horrible fpectacle ?

LA ROMAINE. Il étoit, à la vé-rité, un peu barbare; mais il avoit fon utilité : il entretenoit le cou-rage invincible d'un peuple qui avoit affervi l'univers, & familia-rifoit avec l'idée de la mort des hommes qui n'étoient maîtres des autres, que parce qu'ils favoient la braver.

LA FRANÇOISE. Pour les hom-mes, à la bonne heure ! mais pour les femmes, je ne le leur paffe pas.

LA ROMAINE. Pourquoi donc ?

favez-vous bien que nous avions
autant de courage que nos hommes, & que nous favions nous
tuer avec autant de fang-froid que
nous voyions mourir les autres ?

LA FRANÇOISE. Vous me faites
frémir ! vos Lucréces, vos Aries
étoient des bégueules. Tenez, ma
chere ! vous êtes belle, vous avez
de grands traits, réguliers, vous
reffemblez, comme deux gouttes
d'eau, à ces belles ftatues que nous
avons dans la galerie & le parc
de Verfailles ; mais vous avez un
air fi dur, une phyfionomie fi
trifte, que je vous foupçonnerois
d'avoir fouvent ferré le pouce à
votre cruel fpectacle ; & peut-être
même pour demander la mort de
ce beau gladiateur qui vous avoit
fait quelqu'infidélité, & que vous
cherchez à préfent pour faire votre
paix avec lui.

LA ROMAINE. Ah ! ah, ma gen-

L v

tillé petite maîtreffe, de la méchan-
cété ! eh bien ! puifque vous me
forcez de prendre ma revanche,
il me femble que c'eft bien vous
qui, peu de jours après la mort
d'un fils qu'un trépas accéléré dans
la prifon, venoit de dérober à un
fupplice affreux & mérité, avez
ofé vous montrer à une fenêtre
de la Greve, pour y affifter à
l'exécution d'un criminel, dont
les tourmens auroient dû vous re-
tracer avec horreur ceux auxquels
votre fils unique venoit d'échapper. Le cœur d'une mere eft - il
fait pour être moins ému que celui d'une amante ? & ce trait n'eft-
il pas d'une petite ame bien tendre
& bien fenfible ?

LA FRANÇOISE. Ah ! la chienne !
qui lui a conté mon hiftoire ?

LA ROMAINE. Attendez ! toutes
les fois qu'on annonce chez vous
quelque exécution, ne voit - on

pas le peuple y courir en foule
pour y jouir de ce barbare plaisir
que vous osez nous reprocher ?
Vos citoyens les plus opulens, &
même les plus distingués, ne louent-
ils pas à grands frais toutes les fe-
nêtres de la place ? & disons un
mot de votre célebre comédien
Armand , l'apôtre de ce goût fé-
roce , & pour qui cet affreux
spectacle avoit un si puissant attrait, qu'il tenoit à bail perpétuel
une petite chambre à la Greve ,
pour ne pas manquer une représentation ! il y invitoit même toutes ses connoissances. » Vous , leur
» disoit-il , qui courez à la tra-
» gédie , qui aimez à sentir votre
» ame remuée par de noires &
» sinistres catastrophes , venez
» prendre comme moi une loge
» à l'échaffaud, au lieu d'en avoir
» une au théatre ! venez vous at-
» tendrir ici sur les tourmens réels

L vj

» de ces êtres exiſtans , au lieu
» d'aller là pleurer les malheurs
» controuvés de perſonnages chi-
» mériques & imaginaires «.

LA FRANÇOISE. Ma foi , elle
ſait non-ſeulement mon hiſtoire ,
mais celle de tout le monde : elle
m'a pétrifiée , & je n'ai rien à lui
répondre. Que gagnons nous donc
ici , nous autres modernes , d'être
venus après les anciens , s'ils ſavent nos aventures auſſi bien que
nous pouvons ſavoir les leurs ?

LA ROMAINE. Allez , allez !
ſoyez aſſurée que votre Paris moderne ne vaut pas mieux que notre ancienne Rome ; & que le
cœur de l'homme a toujours été ,
& ſera toujours le même par-tout.
Votre religion & vos loix ne ſouf-
frent plus qu'il y ait parmi vous
des êtres aſſez malheureux pour ſe
voir condamnés à l'affreuſe condition de ſe tuer pour amuſer le pu-

blic : mais vous courez avec avidité aux fpectacles de ce genre
qui vous font permis ; & fi vous
le pouviez, vous auriez tout comme nous, des gladiateurs, vous
prendriez le même plaifir à les voir
battre, à voir expirer le vaincu
fous les coups rédoublés du vain-
queur, & vous feriez peut-être la
premiere à ferrer le pouce. Adieu,
mon élégante ! je fuis Romaine ;
je n'aime pas à caufer long-tems
avec quelqu'un qui a la prétention
de valoir mieux que moi : d'ailleurs, je vois venir Cicéron qui
pourroit bien me châtier d'avoir
après fa mort, outragé fon cada-
vre, & percé fa langue dont j'a-
vois à me plaindre.

LA FRANÇOISE. Vous me faites
plaifir. Votre converfation com-
mençoit à me pefer : il n'y a rien
de gai, pas le moindre petit mot
pour rire dans tout ce que vous

m'avez dit. Je ſuis Françoiſe : le
triſte bon ſens me donne des vapeurs. Vous ſerez peut-être plus
aimable une autre fois : au revoir ;
je me ſauve auſſi vîte que vous :
car j'apperçois mon fils , à qui il
pourroit bien prendre envie de me
rôtir comme l'huiſſier.

DIALOGUE

Entre un LANGUEDOCIEN & un PARISIEN, au Palais Royal.

LE LANGUEDOCIEN. Où allez-vous donc si vîte ? Ne voulez-vous pas, vous, caufer un inftant, faire un tour d'allée , & jouir du plaifir de la promenade ? Il n'eft pas encore l'heure du fpectacle.

LE PARISIEN. Je ne puis m'arrêter long-tems , quelque plaifir que j'euffe de converfer avec vous. Je viens de dîner chez M. *** , je vais joindre ma voiture qui doit être dans la cour des Fontaines , & je cours diffiper l'ennui de mon trifte dîner , dans une fociété charmante où je fuis attendu.

LE LANGUEDOCIEN. Mais ce

M. ***, fi je ne me trompe, n'eft-
il pas M. vôtre pere?

LE PARISIEN. Eh oui! ou du
moins il le croit; je paſſe pour ſon
fils, & en cette qualité je ſuis, grace au ciel, ſon ſeul & unique héritier.

LE LANGUEDOCIEN. Je vous ai
fait là une queſtion qui vous a peut-
être paru extraordinaire; mais comme vous vous appelez différem-
ment, comme je ſais que dans ce
pays-ci le fils ne porte pas le nom
du pere, que les freres, les cou-
ſins & tous les collatéraux d'une
même famille ſont connus ſous des
noms différens, que les rejettons
même des maiſons les plus conſi-
dérables, au lieu de ſe diſtinguer
par leurs noms de baptême, à
l'exemple des Allemands, quittent
ſouvent le nom le plus illuſtre,
pour prendre celui de quelque malheureux petit village, ſous lequel

on ne les reconnoît plus , dès qu'ils
fortent du tourbillon de la cour :
tout cela me fait toujours craindre
quelqu'équivoque. Mais, vous ne
mangez donc pas habituellement
chez M. votre pere ?

LE PARISIEN. Je n'y loge point,
& n'y mange que lorfqu'il m'en
prie : encore cherché-je autant de
prétexte que je puiffe pour m'en
difpenfer.

LE LANGUEDOCIEN. Vous êtes
donc brouillés ?

LE PARISIEN. Point du tout ;
nous fommes à merveille enfemble ; il m'aime de tout fon cœur :
mais je n'étois pas à mon aife chez
lui , il eft entouré de vieilles gens ,
d'amis de fon âge ; tout ce monde-
là m'affommoit de leçons , de con-
feils , quelquefois de réprimandes :
je prenois de l'humeur , j'en don-
nois à mon pere , & nous bou-
dions. Nous vivons beaucoup mieux

enfemble depuis que nous n'habi-
tons plus fous le même toît. Ces
peres font toujours un peu moro-
fes ; cependant , il faut être jufte ,
le mien eft bon homme. Pas fi
bon , pourtant , que celui du marquis de * * * , qui a eu la bonté de
mourir très-jeune pour le faire
jouir. Auffi , toutes les fois que le
marquis paffe devant l'églife de S.
Roch où il eft enterré , il ne manque pas de faire une grande révérence.

LE LANGUEDOCIEN. Quoi ! fils
unique ! vous vous êtes féparé de
M. votre pere ? vous l'avez livré
à fes domeftiques ? On ne voit pas
cela dans nos provinces. Un fils
qui fait fon pere feul , abandonne
tout , revient de cinq cens lieues
pour vivre avec lui , & lui donner fes foins. Je fuis tout auffi étonné que M. votre pere n'ait pas
ufé de fon autorité pour vous re-

tenir, & se soit prêté à cette séparation.

LE PARISIEN. Il a bien fallu qu'il
y consentît : dès l'instant de ma
majorité, je me suis fait rendre
compte du bien de ma mere, &
me suis mis à mon particulier.

LE LANGUEDOCIEN. Et M. votre
pere a eu la bonté de vous le rendre ?

LE PARISIEN. Il ne pouvoit pas
le retenir plus long-tems. Notre
coutume l'obligeoit de me le remettre d'abord que j'ai été majeur.
Je me suis prévalu de mon droit,
j'ai songé à ma liberté & à mon bien-
être, & me suis affranchi aussi-tôt
que je l'ai pu, d'un joug qui me
devenoit pesant. Ma foi, il faut vivre pour soi dans ce monde.

LE LANGUEDOCIEN. Vous me
donnez un grand trait de lumiere,
& vous m'éclairez sur un problême
dont je cherchois depuis long-tems

la folution. Je vois clairement à
préfent que votre droit coutumier
eft la caufe manifefte & néceffaire
de l'égoïfme qui regne dans ce
pays-ci , & dans tous ceux où il eft
en vigueur. Il affoiblit la puiffance
paternelle qui eft la fource de toutes les puiffances , de toutes les au-
torités & de tous les devoirs poffibles. En effet , l'obligation où eft
le pere de reftituer à fes enfans
le bien de leur mere , à l'époque
de leur majorité, la communauté
dans les mariages , le partage par
égale part entre les enfans , doivent néceffairement relâcher & dif-
foudre les liens naturels qui peuvent attacher les enfans aux peres ,
les peres aux enfans , les maris aux
femmes , les femmes aux maris ,
& les freres entr'eux. C'eft ce qui
fait que chez les gens du monde
le pere & la mere , les maris & les
femmes , les fils & les filles font

Monsieur, Madame & Mademoi-
selle ; c'est ce qui fait que les enfans sortent le plutôt qu'ils peuvent de la maison paternelle ; que
presque tous les mariages sont bientôt suivis de la séparation ; que
les freres & les sœurs se voient
rarement & par pure bienséance ,
& qu'au second degré on se connoît à peine , & l'on ne se voit plus.
Notre droit romain, au contraire,
affermit & perpétue la puissance
paternelle, le pere est toujours
pere , le fils toujours fils, rien ne
peut soustraire celui-ci à l'autorité
de l'auteur de ses jours ; il ne peut
pas réclamer le bien de la mere,
que le pere ne lui donne que quand
il lui plaît , l'émancipation peut
seule lui donner le droit d'acquérir
& de posséder en son propre. La
femme , à la mort du mari, ne peut
répéter que sa dot & ses droits
nuptiaux ; elle n'a à attendre des

biens de son époux, que les avantages qu'il veut bien lui faire par
son testament. Les enfans ne par-
tagent par égale portion, que lorfque le pere meurt *ab intestat*. L'ainé a tout, il est regardé comme la
colonne & le soutien de la famille.
Les cadets sont réduits à la légitime ; le pere peut même faire passer
le droit d'ainesse à celui de ses enfans qu'il en croit le plus digne,
& réduire à la condition des cadets,
celui qui est ainé par l'ordre de
naissance. Pour peu que vous ap-
profondissiez ces principes, vous
verrez qu'ils imposent à tous les
membres d'une famille la néces-
sité d'avoir des égards les uns pour
les autres, & de se ménager réciproquement ; vous appercevrez ai-
sément que ces principes sont les
sources d'où découlent toutes les
maximes qui peuvent faire le bonheur de la société. Quand on fou-

le aux pieds les devoirs facrés du
fang, & qu'on tourne en ridicule
l'attachement de la parenté, par
quel lien peut-on tenir aux indifférens? quand on eft froid pour
fa famille, comment peut-on être
chaud & zélé pour fa patrie? quand
on n'eft, en un mot, ni parent ni
ami, comment peut-on être citoyen?

LE PARISIEN. Voilà une differ-
tation fublime, quoiqu'un peu gothique. Je vous avouerai, cependant, qu'elle ne m'a point conver-
ti, & que je préfere un quart-d'heure de la liberté que nous donne
notre coutume, au long & édifiant
efclavage dans lequel vous tient
votre droit romain. Je voudrois
bien vous donner à éduquer à Madame de ***, elle vous feroit bien
vîte abjurer vos maximes romanef-
ques, plutôt que romaines.

LE LANGUEDOCIEN. Cette Ma-

dame de * * * est votre femme sans
doute? Ah! celle-ci je la recon-
nois, parce qu'elle porte le même
nom que vous. Heureusement les
femmes n'ont pas encore imaginé
de prendre des noms différens de
ceux de leurs maris. Mais sans doute
que cela viendra.

LE PARISIEN. Ma femme, puis-
que femme y a, est dans les mêmes
principes que moi. Son pere & sa
mere nous prierent, il y a quelque tems, d'aller passer huit jours
à leur terre. J'y trouvai bonne société, excellente chere, de la chasse, du jeu, de la musique, de la
danse; je m'y amusai beaucoup;
on vouloit nous retenir encore jusqu'à la quinzaine : j'y étois dispo-
sé, Madame de * * * voulut partir absolument, & me dit avec
humeur, qu'on n'étoit jamais si
bien que chez soi. Son pere lui
envoya, il y a quelques jours,

du

du gibier qu'on fervit à table. Je lui demandai fi ce gibier étoit de chez elle. » Non , me répondit- » elle avec vivacité , mon chez » moi eft ici , ce gibier eft de chez » mon pere «.

Le Languedocien. Madame votre femme trouveroit en moi un difciple bien rétif ; elle ne pour- roit pas d'ailleurs me continuer long-tems fes leçons , parce que je pars demain ; permettez que je vous embraffe , & que je prenne congé de vous.

Le Parisien. Votre départ eft bien précipité ! Serai je affez-mal- heureux pour ne vous avoir re- trouvé que pour vous perdre ? J'ai eu tant de plaifir à m'entrete- nir avec vous , que j'ai oublié ceux qui m'attendent dans la mai- fon où je devois aller.

Le Languedocien. Vous êtes bien obligeant ; mais je brûle de

M

me voir en route , j'ai un pere
refpectable que j'aime pardeffus
toutes chofes. Les biens qu'il doit
me laiffer , ne me confoleroient
jamais de la perte de fa perfonne. Je ne fuis pas plutôt au régiment , que je foupire après mon
fémeftre , pour pouvoir voler dans
fes bras. Je n'ai jamais voulu qu'il
m'émancipât , même en me ma-
riant , pour lui donner un gage
de mon éternelle foumiffion. J'ai
préféré à la liberté , le bonheur de
vivre fous fa dépendance. Ma femme tient ma place auprès de lui ;
il prend même foin de l'éducation
de mes enfans , & leur infpire
pour moi les mêmes fentimens que
j'ai pour lui. Il a en fon pouvoir
le bien de ma mere , le mien ,
celui de ma femme, & je ne crois
pas qu'ils puiffent être en meilleu-
res mains ; car il les adminiftre beaucoup mieux que moi-même. Ce

pere est enfin le meilleur ami que j'aie au monde, ne blâmez pas l'empreſſement que j'ai de le revoir.

LE PARISIEN. Repaſſerez-vous par Paris, en retournant à votre régiment?

LE LANGUEDOCIEN. Il y a toute apparence.

LE PARISIEN. J'eſpere que vous me ferez l'honneur de me venir voir; je vous donnerai à dîner avec Madame de ***. Non, non, avec ma femme, avec ma femme, entendez-vous?

LE LANGUEDOCIEN. Oui, j'entends. Si cette expreſſion eſt ſincere, je croirai que vous avez fait un pas vers votre converſion, & vous me donnez quelque eſpoir. Adieu, je pars.

LE PARISIEN. Ce pauvre *** eſt bien provincial; mais il faut avouer que c'eſt une excellente créature.

M ij

DIALOGUE

Entre un Chevalier de Malthe, un Médecin, un Capitaine d'Infanterie, un Maître à danser, un Abbé & un Philosophe.

LE CHEVALIER DE MALTHE.

Que viennent faire dans ce pays-ci les gens de mérite? Il n'y a plus pour eux aucun espoir. On n'y a de la considération que pour les richesses, & l'on n'y obtient rien qu'à prix d'argent, ou par la cabale & l'intrigue. J'ai fait mes caravanes, & me suis trouvé à trois combats contre les Algériens, j'ai tenu galere, & reçu un coup de fusil à l'omoplate,

dans une rencontre avec un che-
bec marocain. Ma voix à déter-
miné, par le plus grand hasard,
l'élection du grand - maître, qui
m'a donné des lettres de recommandation pour une foule de gens
de la cour, & je sollicite inutilement depuis six mois une place
dans l'éducation des princes. Ce
que je demande, n'est cependant
pas sans exemple, & j'ai connu de
mes camarades qui ont occupé des
places de ce genre très - importantes.

LE MÉDECIN. Ah ! Monsieur,
vous avez raison, j'éprouve bien
le même dégoût ; j'ai fait fortune
dans ma profession que j'exerce
depuis trente ans : j'ai été malheureux, à la vérité, le plus grand
nombre de mes malades sont morts
dans mes mains ; mais j'ai donné une
superbe dissertation sur les satellites
de Jupiter, un livre de réflexions

M iij

fur les quatre fins de l'homme ; un traité de l'artillerie ; & depuis trois ans, je ne puis pas obtenir l'agrément d'une charge de maître des requêtes. Ne trouvez-vous pas cela bien fort ?

LE CHEV. DE MALTHE. Mais, non, M. le médecin ; qu'a de commun une charge de maître des requêtes avec votre profeſſion ?

LE MÉDECIN. Ma foi, Monſieur, tout autant qu'une place dans l'éducation des princes avec votre état ; vous n'avez jamais élevé que des matelots & des ſoldats, & morigéné à coups de bâton des eſclaves turcs & barbareſques, & vous voulez que l'on vous confie le ſoin de former un prince qui peut un jour porter la couronne ? Apprenez que nous avons dans notre corps des conſeillers d'état.

LE CAP. D'INFANTERIE. Eh !

Meſſieurs, n'allez pas vous quereller ; je vais vous conſoler l'un & l'autre de l'amertume de vos dégoûts, en vous racontant les miens. Je ſuis né au régiment ; quand on m'a donné les culottes, le premier habit que j'ai porté a été l'uniforme ; j'ai fait toutes les campagnes de la derniere guerre, je me ſuis diſtingué dans celle-ci en Amérique, j'ai eu la croix de S. Louis à trente ans ; mais j'ai toujours eu du goût pour la politique, dont véritablement je ne ſais pas le premier mot ; & j'emploie depuis long-tems les plus puiſſantes protections, ſans pouvoir parvenir à me faire nommer à une malheureuſe réſidence. C'eſt bien autre choſe que tout ce que vous nous avez conté.

LE MAÎTRE A DANSER. Vous vous plaignez tous amerement, Meſſieurs, & moi que dois-je

M iv

donc dire ? Moi qui ai porté au
plus haut degré le premier des
arts ; cet art ingénieux & sublime qui nous donne la peinture de
toutes les paſſions, le développement de toutes les affections de
l'ame & l'expreſſion de tous les
ſentimens ; moi, qui ai été ſi fort
applaudi par la cour & le public ? Tout le monde convient que
le dernier ballet que j'ai fait exé-
cuter, eſt un poëme épique, &
que toutes mes pantomimes ſont
de véritables tragédies. Cependant,
je me contenterois de bien peu
de choſe ; je demande une direction des fermes de vingt mille livres de rente, & l'on a la bar-
barie de me la refuſer.

L'ABBÉ. Meſſieurs, vous êtes
tous fondés ; mais convenez que ce
M. d'A ** eſt un homme bien
extraordinaire, il n'a pas le moindre égard pour les talens, & ne

fait pas apprécier le mérite. Je ne manque pas une de ses audiences ; mais il est sourd à mes demandes , & se roidit contre toutes les sollicitations.

LE PHILOSOPHE. Je vous ai tous écoutés, Messieurs, fort tranquillement sans dire un mot : je vous avouerai franchement que je ne trouve pas vos plaintes fort légitimes. Mais pour vous , M l'abbé, vous pourriez bien avoir raison ; car vous êtes le seul qui ne demandez que des graces, dont vous êtes susceptible. Vous me paroissez un homme d'esprit , vous vous êtes sans doute distingué dans la chaire, vous avez fait imprimer vos sermons , vous avez édifié le public par la pureté de vos mœurs & votre attachement aux devoirs de votre état ?

Et point du tout, Monsieur, j'ai toujours vécu dans la meilleure

M v

compagnie ; j'ai donné au public
un recueil de pieces fugitives fort
eſtimé ; mes ſaillies & mes bons-
mots courent les cercles. Je fais
une cour aſſidue à pluſieurs dames
de très-haut rang, qui perſécutent
inutilement M. d'A ** pour me
donner quelque choſe. Je ne puis
pas obtenir une miſérable penſion
ſur un bénéfice , tandis que je
vois une foule d'inſipides prélats
& de triſtes abbés commendataires
qui n'ont jamais ſu faire un ma-
drigal.

LE PHILOSOPHE. Ah ! c'eſt une
autre affaire. Pour moi, Meſſieurs,
je ne me plains de perſonne. Je crois
qu'un citoyen ſe doit à l'état ; j'ai
ſervi le mieux que j'ai pu pendant
trente ans dans ma patrie, j'en ai
été récompenſé par une penſion
avec laquelle je vis , & travaille
à me rendre encore utile , ſi mes
ſervices ſont encore jugés néceſ-

faires. Vous feriez tous auffi contens que moi, fi vous n'aviez fait
que des demandes raifonnables M.
le chevalier qui a déjà, fans doute,
la commanderie de juftice, pour
avoir tenu galere, auroit eu facilement du grand-maître une commanderie de grace, pour avoir
contribué à fon élection. M. le
médecin, quoiqu'un peu malheureux dans fa pratique, fe feroit
aifément fait donner une direction
d'hôpitaux. On n'auroit pas refufé
aux fervices diftingués de M. le
capitaine d'Infanterie, une majorité de place, ou une lieutenance
de roi. M. le maître à danfer auroit obtenu facilement une penfion fur l'opéra, & peut-être même une décoration. Et M l'abbé,
qui n'a que des mérites littérai-
res, auroit dû fe borner à folliciter
une place à l'académie françoife,
& une penfion fur le journal de

Paris, le mercure ou la gazette.
Vous auriez tous à peu près ce
qu'il vous faut, si vous n'aviez
demandé que des choses analogues
à vos services & à votre état.
Avant de se plaindre de l'injustice
de l'administration, il faut com-
mencer par se faire justice à soi-
même. L'absurdité des prétentions
ne peut être payée que par des
refus aussi obstinés que légitimes,
& ne peut exciter que des mur-
mures injustes & déraisonnables.
Mais je vois que ma sincérité vous
déplaît ; je vous quitte. Continuez
de vous plaindre & d'aboyer contre
le gouvernement. Moi, je vais au
trésor royal toucher mon quartier.

DIALOGUE

Entre Putiphar , Pythagore & le Marquis de Pez.

LE MARQUIS. Qu'avez - vous donc, miniſtre de Pharaon ? vous vous promenez bien penſif ; on diroit que vous avez encore dans la tête toutes les affaires de l'E-gypte.

PUTIPHAR. Un François ne de-vineroit jamais ce qui m'occupe ; je penſe…le dirai-je ? oui ; je penſe à ma femme , que j'aime encore , quoiqu'elle ait apporté ici le même caractere qu'elle avoit là - haut , & qu'elle ne ceſſe de coquetter avec toutes les ombres des champs Eliſées.

LE MARQUIS. Vous voyez bien

que nous n'avons pas tort chez
nous de faire si peu de compte de
l'infidélité conjugale ; vous voyez
bien, vous dis-je, que l'on peut
être mari trompé & heureux, puis-
que vous l'êtes, ou jamais homme
ne le fut au monde, & que vous
voilà pourtant dans le séjour de la
félicité.

PUTIPHAR. Trompé ? cela vous
plaît à dire, il n'est point du tout
décidé que je le sois, quoique ma
femme soit très-coquette. Ce sont
souvent celles là qui sont les plus
sages. Je vois bien que vous voulez parler de l'aventure du petit
Joseph, sur laquelle je vous avouerai que je n'ai jamais été fort tran-
quille ; mais un mari doit toujours
avoir un bon esprit ; d'ailleurs cette
affaire n'avoit pas fait une plus
grande sensation dans Memphis,
que n'en font dans Paris les caprices de quelques-unes de vos

dames de la cour ; toutes les grandes capitales fe reffemblent , & fi
ces Ifraélites vindicatifs & bavards
n'en avoient fait un fi grand bruit ,
vous n'en auriez jamais entendu
parler.

LE MARQUIS. A propos de juifs ,
j'ai toujours oublié de vous demander fi lorfque ces Hébreux
emporterent avec eux tous les bijoux de vos dames d'Egypte, Mme.
Putiphar perdit les fiens.

PUTIPHAR Quelle queftion pour
un homme d'efprit ? eft-ce que la
femme d'un miniftre perd quelque
chofe ?

LE MARQUIS. Au refte , je vous
donnerai pour nouvelle qu'il y a
environ cinquante ans , un pacha
du Caire , de la race de Kuperlis ,
vous a vengé. Il vouloit tirer
de l'argent des juifs du Caire ,
qu'il n'aimoit point , & imagina
pour cela le plus fingulier fujet

d'avanie dont les fastes de la tyrannie fassent mention. Il fit assem-
bler leurs rabins, il leur dit que
le livre sacré de Moïse étant la base
de leur religion, ils ne pouvoient
démentir l'accusation qui y étoit
portée contr'eux, d'avoir enlevé
du tems de Pharaon, l'argenterie
& les bijoux des Egyptiens; il ajou-
ta que le grand-Seigneur, en qualité de soudan d'Egypte & de suc-
cesseur légitime de Pharaon, vou-
lant procéder au recouvrement
des effets volés aux ancêtres de ses
sujets, l'avoit chargé d'exiger d'eux
un compte exact de la dépré-
dation, & qu'en conséquence il alloit les faire mettre aux fers jusqu'à
ce que ce compte fût rendu, & qu'ils
seroient bien & duement empa-
lés si le compte n'étoit pas fidele. La communauté des juifs
comprit ce que le pacha vouloit
dire, & lui envoya pour la ran-

çon de ſes rabins , une ſomme vraiſemblablement bien plus forte que ne pouvoit l'être le vol fait aux Egyptiens : car convenez que vous êtes aſſez gueux dans votre Egypte.

PUTIPHAR. Comment donc aurions-nous élevé tant de ſuperbes édifices ?

LE MARQUIS. Bon ! il ne vous en a coûté que des oignons pour bâtir vos pyramides.

PYTHAGORE. Parbleu, meſſieurs, voilà un plaiſant entretien entre deux hommes , dont l'un a été longtems miniſtre , & l'autre a fait des miniſtres ſans avoir jamais pu l'être , quoiqu'il en eût bonne envie. Je croyois que le marquis vous parloit du chagrin qu'il reſſentoit de ce que ſon maître là-haut avoit opéré ſans lui une grande révolution , & fondé une nouvelle monarchie dans un nouveau monde, &

que de votre côté vous lui faisiez
part de votre douleur de voir votre
belle Egypte accablée sous le poids
de la tyrannie de vingt - quatre
coquins d'esclaves qui s'entretuent
pour se disputer le droit de l'op-
primer.

LE MARQUIS. Voilà comme
pense le peuple, dès qu'il voit
deux hommes d'état enfermés en-
semble, il croit qu'ils traitent des
plus importantes affaires, & leur
conversation ne roule souvent que
sur des billevesées.

PYTHAGORE. J'ai sacrifié mal-à-
propos un quart - d'heure à vous
écouter, & j'ai perdu le fil de quelques nouvelles idées qui m'étoient
venues sur mon système.

LE MARQUIS. Ah ! n'allez pas,
s'il vous plaît, nous parler de votre
système; je vous déclare que je n'en
veux point ; j'aime beaucoup à cau-
ser & à faire bonne chere ; & vos

difciples ne parlent jamais , & ne mangent que des herbes. Votre fecte n'a jamais pu faire chez nous aucun profélite , ni dans l'un ni dans l'autre fexe ; le régime des légumes a dégoûté les hommes , & le filence épouvanté les femmes.

PYTHAGORE. Eh! je ne vous parle ni de mon régime , ni de ma difcipline , mais de mon fyftême de la métempfycofe , auquel je vois avec le plus grand plaifir faire de rapides progrès dans votre pays , qu'on dit être le plus éclairé de la terre. Quoiquil y ait tout lieu de croire que mon fyftême eft faux comme tous les autres , il faut convenir du moins qu'il eft le plus féduifant de tous , en qualité de véritable philofophe , j'y tiendrai toujours, quand même l'erreur m'en feroit palpablement démontrée.

LE MARQUIS. Fort bien, il faut avoir du caractere. Mais que vousfez-vous dire avec vos progrès du fyftême de la métempfycofe en France ?

PYTHAGORE. Eh oui, j'ai fu de bonne part que dans Paris on commence d'élever des maufolées & de graver des épitaphes aux chiens & aux chats ; que l'on conferve fous des cloches de verre les corps des tourous, des matous, des écureuils, des ferins ; que l'on fait faire les portraits des dogues, des épagneuls, des danois, des angoras, des finges, des ouftitis. Une ombre nouvellement venue m'a affuré même avoir vu une chouette & un hibou très-artiftement defféchés, fur la cheminée d'un miniftre d'état. Tout cela ne peut être que par refpect pour les ames des ancêtres, des parens ou des amis que l'on a chéris, & qui peuvent avoir paffé dans les corps de ces animaux.

PUTIPHAR. Que dites - vous ? Ah ! je fuis trop heureux ! une chouette & un hibou fur la cheminée d'un miniftre ? voilà la fainte religion égyptienne reçue en France ; voilà les hiérogliphes adoptés ; le hibou & la chouette, hiérogliphes connus de la vigilance, premiere qualité d'un homme d'état ! je n'en doute plus. D'ailleurs une ombre parifienne tout nouvellement arrivée, m'a raconté auffi avoir vu à côté du lit d'une grande dame, immédiatement après le crucifix & l'image de la vierge, le portrait en paftel de fon angora ; voilà une adoration, un culte complet. Ah ! il falloit bien que la lumiere parçât tôt ou tard.

LE MARQUIS. Mes amis, je crois tout de bon que vous êtes fous. Comment ! Caligula, empereur romain, éleva fon cheval à la dignité de conful de Rome, &

il ne nous fera pas permis, à nous
autres François, d'élever des monumens à la fidélité & aux autres
qualités estimables des animaux domestiques que nous avons aimés,
de conserver même quand nous
pouvons, leurs corps embaumés
ou empaillés, & leurs effigies ou
leurs portraits ? eh ! quel mal y
a-t-il à cela ?

PUTIPHAR. Si vous n'avez que
cette raison à nous donner, elle
ne vaut rien ; & ne peut autori-
ser que les portraits des singes :
car vous avez en France des races
si laides & si mal conformées,
qu'on peut en vérité les leur passer
à titre de portraits de famille.

LE MARQUIS. Oh ! parbleu, ce-
lui-là est trop fort ; un Egyptien
se permettre de mauvaises plaisan-
teries sur les figures françoises.
Vous aurez beau jeu, monseigneur
le ministre de la cour d'Egypte,

si vous voulez faire affaut d'épi-grammes avec un petit maître de la cour de France. Attendez, je vais vous faire voir du chemin.

PUTIPHAR. Je n'en ai pas le tems, je cours chercher ma femme, qui, tandis que nous babillons ici, pourroit bien avoir fait dans quelque bosquet, sa paix avec le petit Joseph.

PYTHAGORE. Moi, je vais à la découverte pour savoir s'il n'est pas venu quelque nouvelle ombre sortie du corps d'un lapin, ou d'un rhinocéros. car je n'abandonne pas mon système.

LE MARQUIS. Allez, mon cher philosophe, manger en silence vos navets & vos carottes; & vous mon cher C..u, allez adorer le bœuf Anubis votre patron. Et moi je vais faire un tour au bord du Cocyte voir si Caron ne nous a pas dé-barqué quelqu'ombre venue de Pa-

ris , qui puiſſe me donner des nou‑
velles de cette ville charmante ,
que la rencontre de deux origi‑
naux de votre eſpece me force de
regretter , même aux champs‑
Elyſées.

F I N.